L'ÉCOLE

DES

JEUNES DEMOISELLES

D'APRÈS L'ABBÉ REYRE.

LIMOGES.

BARBOU FRÈRES, IMPRIMEURS-LIBRAIRES.

BIBLIOTHÈQUE
CHRÉTIENNE ET MORALE,

APPROUVÉE

PAR MONSEIGNEUR L'ÉVÊQUE DE LIMOGES.

Tout exemplaire qui ne sera pas revêtu de notre griffe sera réputé contrefait et poursuivi conformément aux lois.

Barbou frères

L'ÉCOLE

DES

JEUNES DEMOISELLES.

H. Cabasson del.

A. Portier sc.

Ah! ma tante, vous me faites trembler.

L'ÉCOLE
DES JEUNES DEMOISELLES,

ou

LETTRES

D'UNE MÈRE VERTUEUSE À SA FILLE,

AVEC LES RÉPONSES DE LA FILLE
À SA MÈRE,

LIMOGES,
CHEZ ..... IMPR.-LIBRAIRE.

1846.

Il ne faut de toute une fille tombée.

L'ÉCOLE
DES JEUNES DEMOISELLES,

OU

LETTRES

D'UNE MÈRE VERTUEUSE A SA FILLE,

AVEC LES RÉPONSES DE LA FILLE
A SA MÈRE,

RECUEILLIES ET PUBLIÉES PAR M. L'ABBÉ REYRE ;

Ouvrage où l'on trouve tout ce qui a rapport à l'éducation des jeunes
Personnes, et tout ce qui peut servir à former leur esprit et leur cœur.

LIMOGES,

CHEZ BARBOU FRÈRES, IMPR.-LIBRAIRES.

—

1846.

AVERTISSEMENT.

Le titre seul de cet ouvrage annonce son utilité.
Personne n'ignore que, comme la conduite des femmes influe ordinairement beaucoup sur le bonheur
ou le malheur des particuliers, des familles et de la
société tout entière, on ne s'aurait trop s'appliquer
à former de bonne heure leur esprit et leur cœur;

et tel est l'objet qu'on se propose dans les lettres que j'offre au public.

Le sage et vertueux Fénélon sentait si bien l'importance de cet objet qu'il crut devoir composer un Traité sur l'Education des filles. Cet ouvrage est digne de lui ; mais, comme il ne renferme que la théorie de l'art d'élever les personnes du sexe, il est plutôt fait pour les mères que pour les filles. Il n'en est pas ainsi des lettres que je me suis chargé de publier : on y fait l'application de tous les principes de l'illustre auteur dont je viens de parler ; la théorie qu'il a enseignée y est réduite en pratique ; et, quoique les institutrices puissent en profiter, elles sont spécialement destinées à être mises entre les mains des élèves.

La mère vertueuse qui les a écrites n'a rien oublié pour y faire entrer tout ce qui pouvait concourir à l'instruction de la fille chérie à qui elle les adresse. Elle lui montre tour à tour les écueils qu'elle doit éviter, les obligations qu'elle a à remplir ; mais ce qui me semble devoir rendre ses leçons plus efficaces, c'est qu'elle les a toujours appuyées sur les principes de la religion, sans laquelle il n'y a point de vertu solide. Elle ne s'est point piquée, comme la plupart de nos auteurs modernes, de proposer des idées neuves, des systèmes particuliers, des méthodes extraordinaires. Convaincue par l'expérience que les prétendues réformes qu'on a voulu établir dans l'éducation n'ont apporté aucun changement heureux dans les mœurs, elle a cru qu'il valait mieux répéter d'anciennes vérités que de hasarder des opinions nouvelles ; elle a avisé à l'utile plutôt qu'au brillant ; elle a plus cherché à instruire et à faire aimer la vertu qu'à plaire et à amuser l'imagination.

Il ne faut pas croire pourtant que ses lettres soient dépourvues de tout agrément. Presque toujours la morale y est mise en action, les préceptes y sont confirmés par les exemples, la raison y est animée par le sentiment ; et ce qui me fait présumer que les jeunes personnes en trouveront la lecture aussi agréable qu'utile, c'est que la première édition que j'en ai donnée a été épuisée en très-peu de temps, quoiqu'elle fût beaucoup moins complète que celle-ci, où j'ai fait entrer un grand nombre de nouvelles lettres qui roulent toutes sur les sujets les plus intéressants.

Mais puis-je me flatter que les réponses de la fille, que je publie ici pour la première fois, aient le même succès? Je n'avais pas pu d'abord me déterminer à les faire paraître : je ne les trouvais ni assez piquantes ni assez naïves; et ce défaut de naïveté me faisait craindre que de temps en temps l'institutrice n'y eût prêté son ton à l'élève. Cependant la plupart des jeunes demoiselles qui ont lu cet ouvrage ont paru les souhaiter avec tant d'ardeur que j'ai cru devoir sacrifier mes répugnances à leurs désirs. Il n'était pas convenable que, ce livre étant fait pour elles, on en retranchât ce qui devait le plus y piquer leur curiosité; il était peut-être même à propos de leur montrer comment une fille vertueuse doit recevoir les avis d'une mère sage; et c'est ce qu'elles apprendront dans ses réponses, qui, en leur offrant, d'un côté, le modèle d'un style simple et naturel, leur présenteront, de l'autre, l'exemple d'une docilité et d'une piété vraiment filiales.

Si l'on trouvait que la prévention qu'ont ordinairement les éditeurs en faveur des ouvrages qu'ils se chargent de publier m'a fait exagérer le mérite de celui-ci, on verra du moins qu'elle ne m'a pas empêché d'en apercevoir les défauts. Je ne puis me dissimuler qu'il n'est pas écrit d'une manière brillante et conforme au goût du jour ; qu'il renferme des détails qui pourront paraître trop minutieux ; que la mère y parle trop souvent des petits événements qui se passent dans les sociétés et dans les familles, et que la fille emploie dans ses lettres un langage si différent que tantôt on la prendrait pour un enfant, et tantôt pour une personne déjà formée. Mais comme c'est ici un livre d'instruction, et non un ouvrage de littérature et de pur agrément ; comme on s'y propose principalement de former le cœur, et non de plaire à l'esprit ; comme il est destiné pour la jeunesse, et non pour l'âge mûr, ne pourrait-on pas trouver, dans sa nature et dans son objet, des raisons pour excuser et même pour justifier ses défauts apparents ?

Il faut que le ton que l'on prend et les sujets que l'on traite soient toujours assortis au caractère et à la capacité de ceux à qui l'on parle. Quand Racine écrit à son fils encore jeune, il descend, pour ainsi dire, de la hauteur où l'avait placé son génie, pour se mettre à la portée de ce fils chéri. On ne reconnaît plus en lui le grand poète, le bel esprit ; on n'y voit que le père tendre et sensé ; il ne laisse couler de sa plume que des instructions simples, que des sentiments affectueux.

Les finesses de l'art d'écrire ne se font sentir qu'à ceux qui s'y sont long-temps exercés. Des idées profondes, des pensées trop délicates, sont pour les jeunes personnes comme autant d'énigmes, dont elles ne sauraient deviner le mot ; un style brillant et figuré est plus propre à les éblouir qu'à les éclairer : c'est sans doute pour cela que la mère vertueuse qui a composé ces lettres s'est contentée d'y mettre du naturel et du sentiment, et a mieux aimé les rendre touchantes et instructives que piquantes et recherchées.

C'est aussi vraisemblablement dans la même vue qu'elle y a fait entrer quelquefois le récit des événements les plus simples et les plus ordinaires. Ce qui paraît trivial et commun aux personnes instruites et

éclairées a le mérite de la nouveauté pour celles qui
ne le sont pas ; et, en leur mettant de bonne heure
devant les yeux ce qu'elles n'ont pas encore vu et ce
qu'elles verront continuellement dans la suite, on
leur donne une expérience anticipée, qui sert à
rectifier leurs idées et à régler leur conduite.

Quant aux réponses de la fille, si j'avais pu en
trouver la date, et fixer l'âge où elle les a écrites,
on verrait peut-être que l'inégalité du ton qui y
règne ne vient que de la différence des époques,
et que si tantôt elle s'exprime comme un enfant, et
tantôt comme une personne instruite et raisonnable,
c'est qu'au commencement elle n'était pas accoutumée à écrire, et qu'elle n'a pu se former un style que
par un long exercice, et par le secours de son institutrice, que je soupçonne, comme je l'ai déjà dit, de
l'avoir aidée de temps en temps. Mais, quelle que soit
la cause de l'espèce de dissonnance qu'il y a dans ses
lettres, les petites anecdotes qu'elles renferment
n'en sont pas moins intéressantes pour les jeunes
personnes ; et je crois que celles qui les liront y
trouveront tout à la fois de quoi s'instruire et de

quoi s'amuser. Le public jugera lui-même si je me
trompe ; s'il ne voit pas dans l'ouvrage que je lui
offre le mérite que j'ai cru y apercevoir, j'espère
du moins qu'il me tiendra compte du désir que j'ai
d'être utile.

L'ÉCOLE

DES

JEUNES DEMOISELLES.

LA MÈRE A SA FILLE.

ME voilà donc privée, ma fille, du plaisir de vous voir et de m'entretenir avec vous. Dieu sait ce qu'il m'en a coûté pour ce sacrifice ; mais pouvais-je m'en dispenser, et ne trahirais-je pas l'amour que je vous dois si je ne préférais votre intérêt à ma satisfaction ?

On dit tous les jours qu'une bonne éducation est le bien le plus précieux qu'un père et une mère

puissent laisser à leurs enfants ; et c'est aussi ce
que j'ai toujours désiré le plus de vous procurer.
Mais vous savez, ma fille, qu'il ne m'était pas possible de vous élever moi-même, comme je l'aurais
voulu ; vous avez vu cent fois qu'enchaînée par les
obligations de mon état, je ne pouvais pas disposer
de mon temps, et qu'il me restait à peine quelques
moments pour travailler à votre instruction. C'était
là, il est vrai, la plus grande de mes occupations. Il
était bien doux pour moi, après avoir essuyé les
fatigues et l'ennui, inséparables des affaires dont je
suis chargée, de vous voir voler dans mes bras, de
recevoir vos tendres caresses, de vous prodiguer les
miennes, de vous entendre répéter les leçons que je
vous avais données ; mais qu'était-ce que ces rapides
instants pour un ouvrage qui exige une attention
suivie ?

Maintenant je ne crains plus rien pour votre esprit
et pour votre cœur. Je connais depuis long-temps la
communauté où vous venez d'entrer ; je me félicite-
rai toute ma vie d'y avoir passé les premières années
de ma jeunesse ; et s'il me reste quelque regret,
c'est de n'avoir pas mieux profité des sages leçons et
des exemples qu'on m'y donnait.

Ne croyez pas pourtant que je me décharge entièrement sur votre tante du soin de votre instruction ; j'en suis trop jalouse pour ne pas la partager
avec elle, autant que je le pourrai. Tous les moments

libre que me laissera l'embarras des affaires et des
bienséances, je les emploierai à vous écrire : par-là
je remplirai mon devoir, et je soulagerai mon cœur.
En vous écrivant, je croirai vous parler, et
agréable erreur m'adoucira les rigueurs de votre
absence.

Mais vous, ne les adoucirez-vous pas aussi par vos
lettres? Ah! écrivez-moi, ma fille, écrivez-moi
souvent; écrivez-moi, non comme à une mère, mais
comme à une amie pour qui l'on n'a rien de caché.
Déposez dans mon cœur toutes vos peines, tous vos
chagrins, tous vos doutes, ou', si vous n'avez rien à
m'écrire, écrivez-moi du moins pour me dire que
vous m'aimez comme je vous aime. J'attends votre
première lettre avec impatience; elle n'arrivera jamais aussitôt que je le désire.

Si je voulais ajouter ici toutes les choses tendres
et affectueuses que votre papa me charge de vous
dire, il me faudrait remplir une seconde feuille.
Vous savez combien il vous aime; cela doit vous
suffire. Il désire votre réponse avec autant d'empressement que moi. Faites en sorte que nous ne languis-
sions pas long-temps, et n'oubliez pas de me donner
des nouvelles de votre tante.

LA FILLE A SA MÈRE.

Que vous êtes bonne, maman, de m'avoir prévenue ! J'aurais dû et je comptais être la première à vous écrire ; mais vous ne m'en avez pas donné le temps. Au moment où je préparais ma lettre, j'ai reçu la vôtre. Quel plaisir elle m'a fait ! Je l'ai lue, je l'ai relue, je l'ai arrosée de mes larmes. Mais, maman, que ce mot de *larmes* ne vous effraie point : je ne pleurais que de joie de me voir tant aimée et tant regrettée. Il n'en était pas de même les deux premiers jours que j'ai passés ici : je pleurais alors, et pleurais amèrement ; mais n'étais-je pas bien excusable ? Je vous cherchais, et je ne vous trouvais pas ; je me rappelais vos tendres caresses, et je m'en voyais privée. Heureusement je me rappelai aussi tout ce que vous m'aviez dit pour me faire sentir combien il était avantageux pour moi de venir ici, et ce souvenir arrêta bientôt le souvenir de mes pleurs. Ainsi soyez tranquille, ma bonne maman ; j'ai fait mon sacrifice de bonne grâce, et, quoiqu'il m'en coûte beaucoup d'être séparée de vous, je reste cependant volontiers au couvent, parce que je sens que vous ne m'y avez mise que pour mon bien.

Vos lettres suppléeront au moins à votre présence. Je les lirai chaque jour, et je trouverai toujours un nouveau plaisir à les lire. Je ne pus m'empêcher dernièrement de faire à une pensionnaire qui était avec moi la lecture de cette première lettre où vous me faites sentir combien il est important pour moi de prendre au couvent un grand fonds de religion et de piété. Après l'avoir entendue, elle me dit d'un ton sec et dédaigneux : « Apparemment votre maman veut faire de vous une dévote ; cela serait bon si elle écrivait à une religieuse. » Cette réflexion me déconcerta : je ne sus qu'y répondre, et j'allai tout de suite trouver ma tante, qui me parla sur un bien autre ton. Elle ne pouvait tarir sur vos louanges, et elle finit par me dire que je devais bien remercier le bon Dieu de m'avoir donné une si bonne maman. Je n'avais pas besoin qu'elle m'y exhortât.

Au reste, elle n'a pas manqué de se conformer à vos intentions au sujet des petites pièces de poésie que vous l'avez priée de me faire apprendre. L'autre jour elle me donna une fable, en me disant que, dès que je la saurais, elle me la ferait déclamer en présence des autres pensionnaires. Je ne sais comment je me tirerai d'affaire ; je sens que la timidité me saisit déjà : du moins je ferai de mon mieux. En attendant, puisque vous le voulez, je vais vous transcrire cette fable, qui est intitulée : « *Les Sou-*

riceaux et leur Mère.» La voici telle qu'elle est dans le livre de M. Richer, d'où je l'ai copiée.

Un chat jouait avec une souris,
De ses pareils passe-temps ordinaire.
D'un spectacle nouveau des souriceaux surpris
Le regardaient de loin, et disaient à leur mère :
De notre jeune sœur que le sort est heureux !
L'agréable animal qui badine avec elle !
Que sa douceur est naturelle !
Courons prendre part à leurs jeux.
Mes enfants, dit la mère, arrêtez, je vous prie,
Et ne vous mettez pas surtout de la partie ;
Craignez un feint amusement.
Vous êtes sans expérience :
Ces jeux ne sont jolis qu'en apparence.
Mais voyez-en la fin. Dans le même moment
Le perfide Raton, tout-à-coup en furie,
En croqu'ant la souris, finit la comédie.
Souriceaux de rentrer dans le fond de leurs trous:
Vous qu'enveloppe encor l'ignorance profonde,
Que tout plaisir séduit en entrant dans le monde,
Cette fable s'adresse à vous.

En m'expliquant cet apologue, ma tante m'a dit que les souriceaux étaient les jeunes personnes, et que le chat était le monde. Si cela est, le monde est donc bien méchant, et nous devons nous en défier. Vous le connaissez, sans doute, encore mieux que ma tante, et vous me ferez plaisir de m'en dire votre sentiment.

LA MÈRE A SA FILLE.

Les sentiments que renferme votre lettre, ma fille, m'ont fait un grand plaisir, cependant j'ai un petit reproche à vous faire. Je dis un petit reproche, car la faute n'est pas bien grande. Vous avez divulgué ce que je vous écrivais. Or les lettres sont une espèce de secret qu'il ne faut dévoiler à qui que ce soit, sans en avoir la permission. Je suis pourtant bien aise, dans un sens, que vous ayez communiqué celle que je vous envoyai dernièrement, et que vous m'avez marqué le jugement qu'en a porté la jeune pensionnaire à qui vous l'avez lue, parce qu'il est à propos que je vous en fasse sentir la fausseté.

Vous me dites qu'après en avoir entendu la lec-

ture, elle s'est écriée : « Votre maman veut donc
faire de vous une dévote! cela serait bon si elle
écrivait à quelque religieuse. »

Je ne connais pas cette pensionnaire, et vous avez
fort bien fait de ne pas la nommer ; mais je la plains
bien de penser si mal. A en juger par la manière
dont elle s'est exprimée, il semble que ce serait se
rendre méprisable que de se déclarer pour la dévotion, et que la piété ne peut convenir qu'à des religieuses. Mais, pour vous faire comprendre combien elle
a tort, dites-moi, je vous prie, mépriseriez-vous un
enfant qui donnerait sans cesse de nouvelles marques
d'amour à son père? blâmeriez-vous un courtisan
qui se dévouerait sans réserve au service de son souverain ? N'applaudiriez-vous pas, au contraire, à la
sagesse de l'un et de l'autre? ne diriez-vous pas
qu'il n'y a rien de plus juste que d'aimer un père à
qui l'on doit tout, que de servir un maître de qui
l'on attend tout ?

Eh bien! ma fille, c'est-là justement ce que fait
une âme pieuse. Persuadée par la foi que Dieu est le
plus tendre de tous les pères, le plus grand de tous les
maîtres, elle met tous ses soins à lui plaire et à le
servir. Y a-t-il rien en cela qui puisse lui attirer
le mépris et le blâme de ceux qui ont le moindre principe de religion ? Ne s'en rendrait-elle pas plutôt
digne si elle se comportait autrement, puisqu'il n'y
a rien de plus méprisable que d'être injuste et in-

grat, et que refuser à Dieu le tribut de reconnaissance et d'amour que nous lui devons tous, c'est le comble de l'ingratitude et de l'injustice ?

Je ne vous dissimulerai pourtant pas, ma fille, qu'il y a des gens dans le monde qui regardent la dévotion comme une espèce de ridicule, et qui, pour témoigner le peu de cas qu'ils font de certaines personnes, se contentent de dire : « C'est un dévot, c'est une dévote. » Mais quels sont ceux qui pensent, qui parlent ainsi ? Ce sont quelques jeunes libertins, quelques filles ou quelques femmes mondaines, qui ne blâment la piété dans les autres que parce qu'elle est la censure de leur propre conduite, et qui ne s'attachent à déprimer les âmes pieuses que parce qu'ils n'ont pas le courage de les imiter. Du reste, tout ce qu'il y a de gens sensés et vertueux dans le monde a pour les personnes qui se donnent réellement au bien l'estime qu'elles méritent, et nous entendons dire tous les jours aux libertins eux-mêmes que, s'ils voulaient fixer leur sort par un engagement irrévocable, ils croiraient devoir, dans le choix d'une épouse, préférer une fille régulière et chrétienne à une fille mondaine et dissipée.

Laissez donc dire votre raisonneuse de pensionnaire : elle ne méprise la dévotion que parce qu'elle ne la connaît pas ; elle blasphème ce qu'elle ignore ; car, si elle était tant soit peu instruite, oserait-elle avancer que la piété n'est bonne que pour les reli-

gieuses ? Eh ! pourquoi ne conviendrait-elle pas aussi
aux gens du monde ? Dieu les a-t-il dispensés de
l'aimer et de le servir ? L'Evangile n'est-il pas le
même pour tous ? N'avons-nous pas tous fait les
mêmes serments sur les fonts sacrés du Baptême?
N'avons-nous pas tous le même châtiment à craindre,
la même récompense à mériter ?

Pour moi, ma fille, bien loin de penser que la
piété n'est bonne que pour les religieuses, je crois,
au contraire, qu'elle est encore plus nécessaire aux
gens du monde. Les religieuses sont dans un état
qui les éloigne de tous les périls, au lieu que les gens
du monde sont sans cesse exposés aux occasions les
plus dangereuses. Celles-là vivent dans un pays où tout
est en paix, au lieu que ceux-ci sont continuellement
environnés d'une foule d'ennemis qui jurent leur
perte. Pourraient-ils donc prendre trop de précautions
pour se mettre en état de leur résister ? et dire qu'on
a moins besoin de la piété dans le monde que dans
la religion, n'est-ce pas comme si l'on disait qu'un
soldat qui est toujours sur le point d'en venir aux
mains avec l'ennemi a moins besoin d'être armé
que celui qui est dans un fort ou dans une citadelle
presque imprenable.

Vous devez sentir, ma fille, tout ce qu'un pareil
langage a de faux et de ridicule : concluez donc de là
ce qu'il faut penser de celui de la jeune pensionnaire
dont vous m'avez parlé, et jugez vous-même si elle

était autorisée à dire que j'avais tort de vouloir faire de vous une dévote, et que la dévotion n'est bonne que pour des religieuses.

Je suis persuadée que les instructions qu'elle recevra au couvent la détromperont bientôt de cette fausse idée ; si cependant elle venait jamais à vous railler sur votre piété, faites-lui bien sentir que ses railleries ne font tort qu'à elle-même, ou plutôt apprenez-lui, par votre exemple, qu'il n'y a rien de plus estimable que la vraie dévotion. C'est la meilleure réponse que vous puissiez lui faire ; vous pouvez pourtant lui montrer la mienne. Mais gardez-vous bien de vous lier avec elle, et de la prendre pour votre confidente et pour votre amie. Rien n'est plus utile que l'amitié : je l'éprouve tous les jours moi-même ; mais il faut que la vertu en forme les nœuds ; et l'antipathie que votre pensionnaire semble avoir contre la dévotion me rend sa façon de penser trop suspecte pour que je puisse la croire véritablement vertueuse. Si je me trompe, j'en serai bien aise ; néanmoins il est prudent d'attendre, et, avant de s'attacher à quelqu'un, il faut commencer par le bien connaître : sans cette sage précaution, on devient victime de son imprudence, et l'on trouve sa perte dans des liaisons où l'on se flattait de trouver son bonheur.

C'est ce que donne à entendre la fable que vous m'avez envoyée. Elle me parut fort ingénieuse, et

L'Ecole.   **2**

l'application qu'en fit votre tante n'est malheureusément que trop juste. Il y a une infinité de jeunes personnes qui en ont fait la triste expérience. Elles ne se défiaient pas plus des amusements et des caresses du monde que les souriceaux des gentillesses et des badinages du chat; mais, à force de se familiariser avec lui, elles sont tombées dans ses piéges, et y ont vu périr leur vertu et leur innocence.

Je viens de lire une fable qui n'est pas moins propre à faire sentir les dangers du monde; et, comme je n'ai rien tant à cœur que de vous en préserver, je la joins à ma lettre afin que vous puissiez la lire, et profiter de la leçon qu'elle renferme. La voici :

Pour courir après le bonheur,
Qui seul pouvait fixer son caprice volage,
L'imagination, toujours pleine d'ardeur,
Prit le parti d'errer de rivage en rivage.
Elle alla d'abord le chercher
Dans l'empire des ris, des jeux, de l'allégresse;
Mais, lorsque du bonheur elle crut approcher,
Les remords, l'ennui, la tristesse,
Soudain à ses transports le vinrent arracher.
Loin de se rebuter, toujours plus animée,
Au palais de l'ambition,

Elle crut satisfaire encor sa passion ;
Mais elle n'y trouva qu'une ombre de fumée,
Fantôme de bonheur et pure illusion.
Enfin, dans le pays qu'habite la richesse,
    Agréable et charmant séjour,
Elle va demander l'objet de son amour.
Elle y vit l'abondance, elle y vit la mollesse,
    Avec le plaisir enchanteur :
    Il n'y manquait que le bonheur.
La voilà donc encor qui court et se promène.
Lasse des grands chemins, elle trouve à l'écart
Un sentier peu battu qu'on découvrait à peine.
    Une beauté simple et sans fard
Du lieu presque désert était la souveraine :
C'était la piété ! La voyageuse, en pleurs,
    Lui raconte son aventure.
Il ne tiendra qu'à vous de finir vos malheurs :
Vous verrez le bonheur : c'est moi qui vous l'assure,
Lui dit la fille sainte. Il faut, pour l'attirer,
Demeurer avec moi, s'il se peut, sans l'attendre,
Sans le chercher, au moins sans trop le désirer.
L'imagination à l'avis sut se rendre :
    Le bonheur vint sans différer.

2.

LA FILLE A SA MÈRE.

Ma chère maman, je ne pouvais être surprise plus agréablement aujourd'hui qu'en revoyant ma bonne amie Julie, qui est venue ici partager nos études. Je ne comptais la revoir qu'en sortant du couvent, et j'avais joint ce sacrifice à tant d'autres. Mais je l'ai vue, je l'ai embrassée, et avec quel plaisir ! Dès que je l'aperçus, je volai vers elle, je me jetai dans ses bras, elle me serra dans les siens, et nous restâmes quelques minutes sans nous parler autrement que par les larmes que la joie nous arrachait à toutes deux.

Je ne pouvais certainement trouver une plus vertueuse amie que Julie. Elle pense bien autrement que la pensionnaire dont je vous ai parlé dernièrement. Cependant celle-ci n'est pas aussi coupable qu'elle a pu vous le paraître. Je lui lus votre lettre ; et, après en avoir entendu la lecture, elle me dit qu'on avait donné un mauvais sens à ses paroles, qu'elle n'avait point eu intention de se déclarer contre la véritable piété, qu'elle ne voulait blâmer que la fausse.

Je vous prie de faire mes compliments à mes tantes, à mes cousines et aux dames de votre société. Veuillez aussi dire à Cécile et à ma bonne que je ne les oublie pas.

LA MÈRE A SA FILLE.

J'aurais bien voulu être témoin de la première entrevue que vous avez eue avec votre chère Julie. La seule peinture que vous m'en avez tracée m'a confirmée dans la bonne idée que j'avais de votre cœur. Ce que vous me dites de la jeune pension-naire qui semblait me blâmer de ce que je voulais vous inspirer l'amour de la piété ne m'a pas fait moins de plaisir, et je suis très-charmée qu'elle se soit justifiée.

« Elle n'avait point intention, dit-elle, de se dé-clarer contre la véritable dévotion ; elle ne voulait blâmer que la fausse. » Si cela est, comme je le crois, elle s'était mal expliquée, mais elle avait raison pour le fond.

Rien n'est en effet plus méprisable que la fausse piété : c'est le vice caché sous les apparences de la vertu ; mais aussi rien n'est plus commun, surtout parmi les jeunes personnes.

Elles s'imaginent que, pour être dévote, il suffit de réciter de longues prières, de fréquenter souvent les sacrements, et d'afficher un grand air de modes-tie et de simplicité. Dans cette idée, elles se feraient un scrupule d'omettre certaines pratiques de piété, de ne pas s'approcher de la sainte table à certains jours marqués, et de déposer certains vêtements, certaines marques extérieures, qu'on peut regarder comme les livrées de la dévotion; mais, avec tout cela, elles ne sont ni moins curieuses, ni moins indociles, ni moins orgueilleuses, ni moins satiriques, ni moins médisantes ; c'est-à-dire quelles prennent l'écorce de la dévotion, et qu'elles en négligent le fond ; qu'elles honorent Dieu du bout des lèvres, et que leur cœur est loin de lui.

Gardez-vous, ma fille, de jamais donner dans un pareil travers. Je désire, sur toutes choses, que vous soyez pieuse ; mais je veux que vous ayez une piété vraie et solide ; et, afin que vous ne vous y trompiez pas, je vais vous en tracer ici les caractères.

Je crois vous avoir déjà dit que la véritable dévotion doit être l'expression de l'amour que nous avons pour Dieu. D'après cette idée, il vous sera facile de voir en quoi elle consiste.

Quand nous aimons quelqu'un bien sincèrement, nous évitons avec soin tout ce qui est capable de l'offenser, et nous nous portons avec empressement vers tout ce qui peut lui plaire. Telle est la manière dont nous devons nous comporter envers Dieu. La prière, la fréquentation des sacrements, la modestie, la simplicité dans les habits, tout cela est fort louable, et je ne saurais trop vous y exhorter ; mais tout cela ne sert de rien si on n'évite le mal, et si on ne pratique le bien.

Voulez-vous donc, ma fille, que votre piété soit agréable à Dieu? attachez-vous surtout à vous interdire ce qu'il vous défend, et à pratiquer ce qu'il vous commande. Ces deux mots renferment tout.

Ce qu'il vous défend, c'est le vice, c'est le péché, c'est tout ce qui est contraire à sa loi ; ce qu'il vous commande, c'est une attention continuelle à remplir fidèlement tous les devoirs que votre religion vous impose, ou que vous prescrit votre état.

Voilà le chemin tout tracé : il ne vous reste qu'à le suivre. On n'a pas à craindre de s'égarer en prenant cette route : les saints n'en ont pas connu d'autre. Ils ne se sont pas contentés de prier Dieu ; ils se sont surtout appliqués à réprimer leurs passions, à s'acquitter de leurs obligations ; et c'est cette application continuelle qui les a élevés à ce haut degré de sainteté où ils sont parvenus.

Que ce soit donc là aussi, ma fille, le principal objet de vos soins. Qu'on ne remarque en vous ni fierté, ni hauteur, ni colère, ni médisance, ni malignité, ni aucun des autres défauts qui font souvent censurer les dévots et la dévotion; mais qu'on vous voie toujours docile aux avis des personnes qui sont chargées de votre éducation, toujours affable et complaisante envers vos égales, toujours exacte aux différents exercices auxquels on vous applique dans le couvent. Aimez beaucoup les autres, et ne vous aimez pas trop vous-même ; faites la guerre à vos dé-

fauts, et excusez ceux d'autrui. Si la piété produit
en vous ces effets, elle vous attirera l'estime de ceux
mêmes qui paraissent la mépriser ; et quelle satisfaction ne me procurera pas cette estime dont vous
jouirez!

Vos tantes, vos cousines, et toutes les personnes
dont vous faisiez mention dans votre lettre, ont été
charmées d'apprendre que vous pensez à elles. Mais
il fallait voir Cécile et votre bonne : elles ont pleuré
de joie quand je leur ai lu l'article qui les concerne.
Le ton affectueux avec lequel vous parlez de ces
pauvres filles m'a fait à moi-même le plus grand
plaisir : car j'aime bien que l'on ait pour les domestiques les égards qui leur sont dus, et qu'on n'oublie
pas qu'ils sont autant que nous aux yeux de Dieu.
Si leur état les condamne à servir, je crois qu'il faut
du moins que, sans nous familiariser avec eux, nous
leur adoucissions les rigueurs de la dépendance par
nos attentions ; et je vois avec beaucoup de satisfaction que vous avez sur ce point les mêmes sentiments que moi. Si la religion et l'humanité ne les
inspiraient pas, il faudrait les avoir par raison et
par intérêt : car, pour l'ordinaire, les domestiques ne
s'attachent qu'aux maîtres qui leur témoignent quelque attachement ; et pour être bien servi, il faut savoir se faire aimer.

LA MÈRE A SA FILLE.

Je ne comptais pas vous écrire sitôt ; mais je viens de voir et d'entendre une chose qui m'a tellement édifiée que je ne puis différer de vous en faire part.

Une dame que vous connaissez, madame de Montbilla, dégoûtée du monde, croyait naguère ne pouvoir prendre un train de vie différent de celui qu'elle avait suivi jusqu'alors. Mais, ma fille, il n'est rien dont on ne puisse venir à bout avec le secours de la grâce. Madame de Montbilla en a fait l'heureuse expérience. Elle a renoncé entièrement au monde, elle a levé l'étendard de la piété, et sa conversion est la nouvelle du jour.

Elle m'a fait l'honneur de me venir voir aujourd'hui ; et comme je l'ai félicitée sur la généreuse démarche qu'elle a eu le courage de faire : « Je reçois » très-volontiers votre compliment, m'a-t-elle ré- » pondu : car je puis bien vous assurer, madame, » que c'est à cette démarche que je suis redevable » de mon bonheur. Jusqu'ici j'avais pu paraître heu- » reuse ; mais je ne l'étais pas. Je cherchais la joie » dans les assemblées, dans les amusements, dans » les bals, dans les fêtes du monde ; mais je n'y » trouvais que l'ennui ou le chagrin de voir que je » n'avais pas plu autant que je l'aurais voulu ; et si

2..

» quelquefois j'y avais goûté quelques plaisirs, j'en
» étais bien punie par les remords qu'ils me cau-
» saient. J'avais beau vouloir m'étourdir et me dis-
» siper, je sentais toujours au fond de mon cœur
» un trouble secret qui me tourmentait; et, tandis
» que la gaîté brillait sur mon front, le ver rongeur
» de la conscience déchirait mon âme. Je ne con-
» nais la paix que depuis que j'ai embrassé la piété;
» je ne suis bien avec moi-même que depuis que
» j'ai tâché de me mettre bien avec Dieu. »

« Mais quoi! lui ai-je dit alors, ne vous en coûte-
t-il donc rien pour mener ce nouveau genre de vie,
et le service de Dieu ne vous paraît-il pas beaucoup
plus pénible que celui du monde? » « Ah! madame,
» m'a-t-elle répliqué, si vous connaissiez, comme
» moi, tous les soins, tous les artifices, tous les dé-
» guisements, toutes les souplesses, toutes les con-
» traintes auxquels on est obligé de s'assujettir pour
» gagner le suffrage de ce monde perfide, vous ne
» me feriez certainement pas cette question, et vous
» verriez clairement que les esclaves de la vanité ont
» beaucoup plus à souffrir que les partisans de la
» piété. Mais, quand même la peine serait égale, le
» succès est si différent! Il m'est arrivé cent fois de
» voir des femmes qui avaient employé la moitié de la
» journée à s'assujettir et à se mettre en état de bril-
» ler dans une assemblée; elles y étalaient, dans une
» parure artistement arrangée, le fruit de quatre

» heures de gêne et de souffrances ; elles mettaient
» leur esprit à la torture pour y dire de jolies cho-
» ses ; elles avaient recours à mille minauderies
» pour faire croire qu'elles avaient des grâces, et
» elles n'étaient pas plus tôt sorties que les uns cri-
» tiquaient leur parure, les autres leur conversa-
» tion, ceux-ci leur maintien, ceux-là leurs ma-
» nières.

» Voilà le monde, madame. On se gêne, on s'in-
» commode, on se contrefait pour obtenir ses louan-
» ges, et l'on ne devient souvent que l'objet de ses
» railleries et de ses mépris. Oh ! que l'on est bien
» plus heureux lorsqu'on s'attache à Dieu ! Il exige,
» il est vrai, bien des violences et des sacrifices ;
» mais ce qu'on fait pour lui n'est jamais inutile,
» et, pour venir à bout de lui plaire, il suffit de le
» vouloir bien sincèrement. Ce n'est point par nos
» qualités extérieures qu'il juge de notre mérite ;
» c'est par la pureté de nos sentiments et par la droi-
» ture de nos intentions. A ses yeux la bonne vo-
» lonté nous tient souvent lieu de succès, et, quand
» nous l'aimons, nous sommes assurés d'en être
» aimés. Vous l'avez éprouvé bien mieux que moi,
» madame, et, pour sentir le bonheur qui est attaché
» à la pratique de la vertu, vous n'avez qu'à con-
» sulter votre cœur ; mais je n'ai pu m'empêcher de
» vous ouvrir le mien, et j'ai cru que le vif intérêt
» que vous avez pris au changement qui s'est opéré

» dans ma façon de vivre exigeait que je vous fisse
» part des heureux effets dont il a été suivi. »

Je n'ai pas besoin de vous dire, ma fille, combien
j'ai été charmée de ce discours. Vous devez assez
sentir vous-même combien il est édifiant, et je suis
persuadée que vous me remercierez de vous l'avoir
rapporté. Pour moi, je m'en suis fait un devoir, parce
que j'ai cru qu'outre la satisfaction que vous auriez
à le lire, il serait encore très-propre à vous détrom-
per d'une erreur fort commune parmi les jeunes
personnes. Elles ne pensent pas toutes comme la
demoiselle qui a composé la fable que je vous envoyai dernièrement : elles s'imaginent, au contraire,
qu'on ne peut trouver le bonheur que dans les plaisirs du monde, et que la tristesse et l'ennui marchent
toujours à la suite de la piété. Vous voyez pourtant
que la dame dont je viens de parler en a jugé tout
autrement, et son sentiment doit faire d'autant plus
d'impression sur votre esprit qu'il est fondé sur
l'expérience. Si cependant cet exemple ne suffisait
pas pour vous convaincre que la piété seule peut nous
rendre heureux, je veux vous en citer un autre
qui s'offre à présent à ma mémoire, et qui est
encore plus frappant : c'est celui de madame de
Maintenon.

Née dans une prison où son père et sa mère
étaient renfermés, elle en sortit à l'âge de trois ans,
pour être conduite en Amérique. Là un domestique

la laissa sur le rivage, et peu s'en fallut qu'elle ne fût dévorée par un serpent ; mais, ayant heureusement échappé à ce danger, elle fut ramenée en France, à l'âge de douze ans ; et, comme elle n'avait plus alors ni père ni mère, elle fut obligée de rester chez une de ses parentes qui l'élevait avec la plus grande dureté. Pour se soustraire aux mauvais traitements qu'elle en recevait, elle consentit à épouser un poëte, nommé Scarron, qui n'avait que fort peu de biens, et qui était perclus de tous ses membres, mais dont la maison était le rendez-vous de tous les gens de lettres et de tous les grands, qu'il charmait par son esprit et par son enjouement. Madame Scarron s'y fit bientôt estimer par les grâces de sa conversation, par sa modestie, par sa vertu, et cette estime ne lui fut pas inutile. La mort de son mari l'ayant replongée dans la misère, tout le monde s'intéressa pour elle ; on en parla même à Louis XIV, et on lui fit un si grand éloge de son mérite que ce prince voulut qu'elle lui fût présentée. Il trouva, en la voyant et en l'entendant parler, qu'on ne l'avait pas trop louée ; il ne la regarda pourtant d'abord que comme un bel esprit ; mais peu à peu elle sut si bien gagner sa confiance qu'il ne pouvait plus vivre sans elle, et qu'il se l'attacha enfin par les liens indissolubles d'un mariage secret, mais revêtu de toutes les formalités de l'Eglise.

C'était certainement la plus grande fortune qu'elle

pût faire, et il semble que, dans la place qu'elle
occupait, elle ne pouvait manquer d'être heureuse.
Aussi elle fut d'abord comme enivrée des douceurs
qu'elle goûtait dans son nouvel état ; mais cette
ivresse, selon qu'elle le marquait elle-même, ne
dura que trois semaines. Bientôt elle sentit le vide
de l'appareil imposant qui l'environnait, et, écrivant
un jour au comte d'Aubigné, son fère, elle lui disait
expressément : « Je ne puis plus y tenir, et je voudrais être morte. » Ce ne fut qu'en s'élevant à une
haute piété qu'elle parvint au bonheur que toutes
les grandeurs de la terre n'avaient pu lui donner ; et
c'est le témoignage qu'elle rendait elle-même, en
développant ses sentiments à une jeune personne
qu'elle exhortait à se donner entièrement à Dieu.

   « J'ai été jeune et jolie, lui disait-elle ; j'ai goûté
» des plaisirs ; j'ai été aimée partout. Dans un âge
» plus avancé, j'ai passé des années dans le com-
» merce de l'esprit, je suis venue à la faveur, et je
» vous proteste, ma chère fille, que tous les états
» laissent un vide affreux, une inquiétude, une las-
» situde, une envie de connaître autre chose, parce
» qu'en tout cela rien ne satisfait entièrement. On
» n'est en repos que lorsqu'on s'est donné à Dieu.
» Alors on sent qu'il n'y a plus rien à chercher,
» qu'on est arrivé à ce qui seul est bon sur la terre.
» On a des chagrins ; mais on a aussi une solide
» consolation et la paix au fond du cœur, au milieu
» des plus grandes peines. »

Je ne fais aucune réflexion sur ces paroles; elles sont assez claires pour vous convaincre qu'on ne peut être heureux qu'à proportion que l'on est pieux. Mais que vous en seriez bien mieux convaincue, ma fille, si, par les progrès qu'il ne tient qu'à vous de faire dans la piété, vous vous rendiez digne de goûter la douce paix qui en est le fruit! Que vous me sauriez gré de vous en avoir inspiré le goût! Que je me féliciterais d'y avoir réussi! je vous verrais heureuse; pourrais je ne pas l'être? Ah! toute la satisfaction qu'éprouverait votre cœur se ferait sentir au mien, parce qu'il n'en fait qu'un avec le vôtre.

Votre frère voulait partir à toute force pour aller vous faire sa visite; mais, comme le temps était trop mauvais, je l'ai obligé de différer son voyage. J'insère dans ma lettre ce qu'il vous écrit. Si les beaux jours reviennent, vous le verrez bientôt.

LA FILLE A SA MÈRE.

Vous ne vous êtes pas trompée, maman, lorsque vous avez cru me procurer un véritable plaisir en me rapportant le discours de madame de Montbilla et les principaux traits de la vie de madame de Maintenon. Après les avoir lus, je me suis rappelé l'ob-

servation que vous fîtes un jour que, voulant cueillir une rose dans notre jardin, j'eus la main piquée
par une des épines qui l'entouraient. « Cette fleur,
me dites-vous, est l'image des plaisirs du monde :
s'ils nous flattent d'abord par les douceurs qu'ils
semblent nous promettre, ils nous déchirent ensuite
par les remords qu'ils nous causent. »

Les exemples que vous m'avez cités prouvent
bien la vérité de cette maxime. J'en suis persuadée
à présent plus que jamais, et je vais m'appliquer
tout de bon à acquérir cette solide piété dont vous
me faites si bien sentir les avantages. Ma tante n'oublie rien pour me confirmer dans cette résolution : en
cela elle s'accorde parfaitement avec vous. Mais quelle
différence pour tout le reste ! Si elle a à mon égard le
titre de mère, ainsi que vous me le disiez, il s'en
faut bien qu'elle en ait la bonté ; et je ne puis vous
dissimuler qu'elle est trop sévère. Cela n'empêchera
pourtant pas que je n'aie pour elle toute la déférence
que je lui dois. Votre tendresse me dédommagera
un jour de son extrême rigueur : j'oublierai auprès
de vous tout ce que j'aurai souffert auprès d'elle.

LA MÈRE A SA FILLE.

J'avais toujours craint, ma fille, que vous n'eussiez pas assez de confiance en moi, et que le respect
qu'inspire le titre de mère ne vous empêchât de déposer vos peines dans mon sein, comme dans celui
d'une amie ; mais la confidence que vous me faites
dans votre dernière lettre a dissipé toutes mes
craintes, et je vous sais le meilleur gré du monde de
m'avoir dit nettement que votre tante est trop sévère :
c'est une preuve que vous n'avez rien de caché pour
moi, et que vous ne me déguisez pas votre façon de
penser. Je ne vous dissimulerai pas non plus la
mienne ; et, pour répondre à la confiance que vous
me témoignez, je vais vous exposer sincèrement les
idées que votre plainte a fait naître dans mon esprit.

Il peut se faire absolument que votre tante pousse
trop loin la sévérité ; mais, puisqu'il faut vous dire
ici ce que je pense, je crois que le reproche que
vous lui faites vient plutôt de la sensibilité de votre
cœur que de la dureté du sien, et voici ce qui me le
fait présumer. Jusqu'ici vous n'étiez point sortie de
la maison paternelle : il n'y avait que moi qui fusse
chargée de vous corriger, et les corrections d'une
mère sont toujours douces, parce que la tendresse
qu'elle a pour ses enfants l'empêche de voir leurs

défauts, ou la porte à les excuser. Il n'en est pas ainsi d'une personne étrangère. Libre de tout préjugé et de toute affection déréglée, elle voit les fautes où elles sont, et elle les punit comme elles méritent de l'être, parce qu'elle ne consulte que son zèle et que son devoir. Y a-t-il rien en cela qui doive la faire haïr ou blâmer?

Trouve-t-on mauvais qu'un médecin sage et habile s'applique à découvrir les maux d'un malade, et l'oblige à prendre les remèdes les plus amers pour s'en délivrer? Au contraire, on l'en loue, on lui en sait bon gré et le malade lui-même aime mieux qu'on le guérisse en le faisant souffrir, que si on le laissait périr en le ménageant et en le flattant. Or, ma fille, il en doit être de même des personnes préposées pour nous avertir et pour nous corriger de nos défauts, qui sont les maladies de notre âme. Moins elles nous épargnent, plus elles nous aiment; et, loin de nous plaindre de leur rigueur, nous devons les en remercier.

Je me rappelle, à ce sujet, un exemple frappant, et que je ne puis m'empêcher de vous citer : c'est celui d'une des reines les plus vertueuses qu'ait eues la France. Un soir, avant son coucher, elle se mit à s'accuser, selon sa coutume, de quelques défauts qu'elle combattait, disait-elle, avec bien de la lâcheté, puisqu'elle n'en était pas encore guérie. Elle se reprochait surtout de manquer souvent de charité en-

vers le prochain , et d'en parler désavantageusement.
Elle avait, en ce moment , auprès d'elle trois de ses
femmes de chambre. Deux l'assurèrent qu'elles ne
lui entendaient jamais rien dire qui ne fût selon les
règles exactes de la charité. « Pour moi, dit la plus
jeune, je pense que la reine a raison, et qu'elle a
plus d'un reproche à se faire à cet égard. » Les autres
se récrient contre une accusation qui leur paraît
aussi injuste qu'impertinente ; mais la reine, prenant
le parti de celle à laquelle on eût voulu imposer silence, lui dit du ton le plus engageant et le plus satisfait : « Courage, courage, ma fille ; ne les écoutez
pas, et dites-moi bien tout ce que vous pensez. —
Puisque Sa Majesté le permet, continue la jeune
personne , je lui dirai qu'elle manque bien souvent
à la justice.—Hélas ! je m'en doutais bien, reprend la
bonne princesse ; on nous fait, malgré nous, servir
à l'iniquité.» La femme de chambre, s'adressant alors
à ses compagnes , qui ne cessaient de lui témoigner
un étonnement qui tenait de l'indignation, leur dit :
« Ne conviendrez-vous pas, mesdames, que ce que
la reine nous dit souvent d'elle-même , et ce qu'elle
vient de nous dire tout à l'heure, est absolument contraire à la vérité, et qu'elle se calomnie elle-même ?
La reine manque donc à la justice. » Quand on eut
tout entendu , on trouva ce raisonnement en forme,
et on y applaudit. La reine fut la seule qu'il ne satisfit
pas. « Quoi ! c'est là, dit-elle, où vous vouliez en

venir ! je ne m'y serais jamais attendue. » Elle goûtait par avance le plaisir d'apprendre à connaître ses
défauts, et de pouvoir s'en corriger. On l'affligeait en
lui enlevant cette jouissance.

Que n'avez-vous pensé, ma fille, comme cette sage
et vertueuse princesse ? Vous ne m'auriez pas dit
que votre tante était trop sévère ; vous m'auriez
marqué, au contraire, qu'elle vous aimait bien ;
mais je le comprends assez, et je suis persuadée que
la prétendue sévérité que vous lui reprochez ne
vient que du zèle et de l'amitié qu'elle a pour
vous.

Vous me trouverez peut-être moi-même un peu
trop sévère : si cela est, ma fille, vous pouvez du
moins m'appliquer le proverbe ordinaire qui dit que
« Qui bien châtie bien aime. » Oui, mon enfant,
ce n'est que le tendre amour que j'ai pour vous
qui me fait désirer qu'on vous corrige de tous vos
défauts. Je souffrirai, il est vrai, de la peine que la
correction pourrait vous causer ; mais le désir de
votre perfection me ferait surmonter ma douleur,
comme l'espoir du rétablissement de votre santé me
faisait vaincre la répugnance que j'avais à vous voir
prendre des remèdes dégoûtants, lorsque vous étiez
malade.

LA FILLE A SA MÈRE.

Puisque vous semblez, ma bonne maman, désirer de connaître les griefs que j'ai contre ma tante, je vais vous ouvrir mon cœur, et vous dire avec confiance ce qui m'a engagée à me plaindre de sa trop grande sévérité.

Les premiers jours que je fus ici, elle avait mille complaisances pour moi, elle mè laissait faire tout ce que je voulais, et je n'essuyais jamais aucun reproche de sa part. Aussi je l'aimais de toute mon âme, et je me jetais à son cou presque aussi souvent qu'au vôtre ; mais peu à peu elle a changé d'air, de conduite et de ton à mon égard, et elle n'a plus voulu souffrir que je lui fisse la moindre caresse. Avouez, maman, que ce changement n'annonce guère une seconde mère. Mais ce n'est pas tout.

Vous me disiez un jour que la fable faisait mention d'un certain Argus qui avait cent yeux, dont il ne fermait jamais que la moitié, de façon qu'on ne pouvait en aucun temps se dérober à ses regards. On pourrait bien dire la même chose de ma tante. C'est un nouvel Argus, qui observe toutes mes démarches, qui épie toutes mes actions, et qui ne me perd pas de vue un seul instant. Ce ne serait rien encore ; mais, si vous exceptez le temps des récréations, elle

ne me laisse pas un moment de liberté, elle veut que
je m'occupe continuellement. Si je commets quelque
faute, elle me reprend tout de suite avec un ton
grave et sérieux, et, lorsque je veux lui répondre,
il faut voir comme elle m'impose silence! En un
mot, maman, on dirait qu'elle s'étudie à me gêner,
à me contrarier, à me mortifier. Jugez, après cela,
si je dois être contente d'elle. Cependant, comme
vous me donnez à entendre qu'elle fait tout cela pour
mon bien, je le supporterai avec patience, et je
vous promets de ne vous plus porter aucune plainte
sur son compte. Mais vous me permettrez du moins
de vous dire que jamais je n'aimerai autant la seconde mère que la première.

Vous recevrez, sous cette enveloppe, une lettre
qu'elle m'a chargée de vous envoyer. J'ai été bien
tentée de l'ouvrir; mais, en me rappelant tout ce
que vous m'avez dit contre la curiosité, je me suis
souvenue que vous m'avez représenté les lettres
comme une chose sacrée, à laquelle on ne peut
toucher sous aucun prétexte, et j'ai résisté à la
tentation.

LA MÈRE ROSALIE A MADAME***.

Je ne suis point surprise, madame, qu'Emilie vous ait porté des plaintes sur ma prétendue sévérité : les jeunes personnes n'aiment ni la gêne ni les réprimandes ; tout ce qui est opposé à leur inclination leur paraît injuste, et, dès qu'on veut les gronder ou les contrarier, on est, selon elles, d'une rigueur excessive et insupportable. Emilie pense à cet égard comme nos autres élèves. Mais heureusement vous ne pensez pas comme quelques mères indulgentes, qui adoptent aveuglément toutes les idées de leurs filles, et je vois avec plaisir qu'en me parlant de l'accusation que la vôtre a intentée contre moi, vous êtes la première à me justifier. Cependant, comme, malgré la droiture de mes intentions, il pourrait m'être échappé quelques démarches répréhensibles, je vais vous rendre compte de ma conduite, et, si vous ne l'approuvez pas, je suis toute disposée à me condamner.

Emilie est fort caressante ; cette qualité n'a rien que d'aimable lorsqu'elle est contenue dans de justes bornes ; mais vous savez mieux que moi que, poussée à l'excès, elle peut devenir blâmable et même dangereuse. C'est ce que j'ai craint pour notre chère élève, et c'est dans cette vue que je lui ai interdit la

liberté, qu'elle prenait au commencement, de se jeter
sans cesse à mon cou et à celui de quelques-unes de
ses amies. Cependant, afin qu'elle ne crût pas que j'a-
gissais en cela par caprice ou par mauvaise humeur,
j'ai eu soin de lui représenter que ces sortes de familia-
rités ne convenaient pas à des personnes bien élevées,
qu'elles étaient contraires aux lois de la bienséance,
qu'elles annonçaient une éducation trop molle, que je
n'en avais pas besoin pour être convaincue de son
amitié, et que la meilleure preuve qu'elle pût m'en
donner, c'était celle de ne pas la témoigner par des
signes si expressifs.

Une autre raison qui m'y a déterminée, c'est que
je m'étais aperçue qu'Emilie avait eu l'adresse de
recourir à ce moyen pour se faire pardonner les
fautes qui lui échappaient. Toutes les fois qu'elle se
voyait menacée de quelque punition ou de quelque
reproche, elle venait à moi les bras ouverts, le visage
riant, dans l'espérance que je serais désarmée dès
qu'elle m'aurait embrassée. Je le fus en effet les
premières fois qu'elle usa de ce stratagème, et,
n'ayant pas la force de la gronder, je lui recommandai
seulement de se corriger. Mais, comme je vis que
mes paroles ne produisaient aucun effet, je jugeai
à propos d'employer des moyens plus efficaces, et
vous allez voir ce qui en est résulté. Les détails
où je vais entrer sont minutieux ; mais ils ne sau-

raient être indifférents aux yeux d'une mère aussi tendre que vous l'êtes pour Emilie.

Les premiers jours qu'elle fut ici, je la laissai dormir à son aise, supposant qu'elle avait été fatiguée par le voyage. Bientôt après, je lui signifiai qu'il fallait qu'elle suivît le train commun, et qu'elle se levât à la même heure que les autres pensionnaires. Elle se conforma à mes ordres les deux jours suivants ; mais, le troisième, elle resta tranquillement dans son lit, et, lorsque j'allai lui en demander la raison, elle me dit, d'un ton plaintif, qu'elle avait la migraine. Je le crus, ou du moins je fis semblant de le croire. Cependant, à dix heures, la tête fut libre ; elle se leva et dîna comme à l'ordinaire. Le lendemain, elle se servit du même prétexte, et m'assura, lorsque je fus dans sa chambre pour la faire lever, qu'elle était à peu près dans le même état que le jour précédent, quoiqu'en lui mettant la main sur le front, je ne sentisse pas la moindre chaleur, et que son teint frais annonçât la meilleure santé. «Oh! pour le coup, lui dis-je alors, la chose est sérieuse : ces attaques de migraine deviennent un peu trop fréquentes, elles pourraient avoir des suites fâcheuses, il est à propos de les prévenir. Ainsi, mademoiselle, vous resterez tout le jour dans votre lit, et vous serez à la diette jusqu'à ce soir.—Non, ma tante, s'écria-t-elle, je vous en prie ; ce ne sera rien : permettez-moi de me lever, le mal se dissipera comme

L'École.   3

hier. — Point du tout. Je ne veux avoir rien à me reprocher; et, si vous éprouvez encore la même incommodité, je ferai venir le médecin, et le prierai de vous ordonner quelque potion bien amère pour guérir votre estomac, d'où s'élèvent sans doute les vapeurs qui vous causent des douleurs de tête si violentes. »

Notre prétendue malade eut beau redoubler ses prières, je fus inflexible : elle resta dans son lit, reçut la visite de toutes les pensionnaires, qui, en la voyant, ne pouvaient s'empêcher de rire sous cape; elle déjeûna, dîna, goûta avec des bouillons, et ne se leva qu'à cinq heures après midi. Mais il fallait la voir souper ! je crois que jamais elle n'a mangé avec autant d'appétit. Ce qu'il y a du moins de certain, c'est que le régime que je lui avais prescrit lui fut fort salutaire : depuis le jour qu'elle le suivit, elle a toujours été la première levée, et n'a plus essuyé la moindre attaque de migraine. Cependant, comme ce mal supposé annonçait des défauts réels, et qu'il était important de l'en corriger, huit jours après cette petite aventure, je la pris en particulier, je lui demandai des nouvelles de sa santé, et, comme elle me répondit qu'elle était parfaitement bien : « J'en suis très-charmée, lui dis-je alors ; mais soyez sincère, et, puisque vous avez déjà subi la peine de votre faute, ne me la déguisez pas. N'est-il pas vrai que la maladie que vous prétextâtes dernièrement n'était qu'un moyen que vous aviez imaginé pour favoriser votre paresse? — Mais... — Ce mais dit beaucoup, et la rougeur qui paraît sur votre front signifie encore plus. Cependant je voudrais que vous vous expliquassiez encore plus clairement. Parlez-moi donc à cœur ouvert. Ce n'est point pour vous humilier et pour vous gronder que je vous demande l'aveu de cette petite supercherie; c'est uniquement pour vous faire sentir les suites funestes qu'elle pourrait avoir. — Eh bien! oui, ma tante, je conviens que je me laissais gagner par le sommeil. — Je le compris bien tout de suite. Mais pourquoi, au lieu de me l'avouer, eûtes-vous recours à une migraine imaginaire? — C'est que je croyais qu'il n'y avait point de mal à cela. — Vous aviez très-grand tort: en vous laissant dominer par la paresse, vous vous accoutumiez à perdre votre temps, à négliger vos devoirs, à mener une vie molle; et ce n'est pas là certainement un petit mal. Mais ce qui vous serait encore plus funeste, ce serait de contracter l'habitude de mentir: cette malheureuse habitude ne vous rendrait pas seulement criminelle aux yeux de Dieu, qui nous défend le mensonge, elle vous ferait encore perdre la confiance de vos semblables, qui n'ajouteraient plus de foi à vos paroles; et quels désagréments n'auriez-vous pas à essuyer, à quels dangers même ne seriez-vous pas exposée si, à force de manquer à la vérité, vous vous ravissiez enfin le

3.

droit d'être crue? Jugez-en par la supposition que
je vais faire, et à laquelle vous avez donné lieu. Vous
m'avez assuré deux fois que vous étiez malade,
tandis que vous n'aviez pas la moindre incommodité.
Mais il pourrait fort bien arriver que vous fussiez
attaquée tout-à-coup d'un mal dangereux, et qui
exigerait un prompt secours. Or, comme j'ai vu évidemment que vous m'avez déjà trompée, je pourrais
bien m'imaginer que vous voulez me tromper encore ; et si je suivais cette idée, qui naturellement
devrait s'offrir à mon esprit, que deviendriez-vous?
La maladie ferait des progrès rapides, sans que je me
misse en peine d'y apporter le moindre remède, et,
en y succombant, vous seriez la triste victime de la
mauvaise opinion que vos mensonges m'auraient
donnée de votre sincérité.— Ah ! ma tante, vous me
faites trembler. — Je ne vous dis pourtant rien qui
ne soit très-possible et même très-vraisemblable.
Accoutumez-vous donc, ma chère enfant, à dire
toujours la vérité, et ne la dissimulez pas, quand
même il s'agirait de m'avouer vos fautes. »

Cette petite leçon fit une vive impression sur l'esprit d'Emilie, et il semble qu'elle en a profité. Cependant, comme vous voulez que je ne vous déguise rien,
je m'aperçois qu'elle ne supporte pas volontiers la
gêne où je la tiens pour l'accoutumer au travail,
que son amour-propre souffre beaucoup de mes réprimandes, et que, lorsque j'exige d'elle certaines

choses qui ne sont pas de son goût, je la trouve quelquefois indocile et revêche, comme le sont presque toutes les personnes de son âge. Mais j'espère que le temps, la vigilance, la raison, la fermeté, triompheront de tous ces défauts, et que dans peu on n'apercevra plus en elle que les bonnes qualités, que les manières polies et aimables qui lui gagnent ici tous les cœurs. Je suis, etc.

LA MÈRE A SA FILLE.

Je ne m'étais donc pas trompée, ma fille, en croyant que votre tante n'avait aucun tort. Les prétendus griefs que vous alléguez contre elle sont le plus bel éloge qu'on puisse faire de sa conduite : en voulant me prouver qu'elle était trop sévère, vous me donnez la plus haute idée de sa sagesse, de sa vigilance, de son zèle pour vos vrais intérêts. Vous ne devez donc pas la regarder comme un nouvel *Argus*, mais comme une bonne amie, qui ne cherche que votre bien. Votre tante a de très-bonnes vues en vous faisant contracter l'habitude de vous lever matin : elle veut, par ce moyen, vous empêcher de devenir semblable à une multitude de femmes paresseuses et indolentes, qui mettent à languir dans le sommeil le temps qu'elles devraient employer à vaquer à leurs affaires domestiques ; et c'est un des plus grands services qu'elle puisse vous rendre.

Ce qu'elle vous a dit contre le mensonge est bien capable de vous le rendre à jamais odieux. Cependant, pour vous le faire toujours plus abhorrer, je crois devoir vous mettre ici sous les yeux la funeste catastrophe dont il fut la cause. Voici comment ce fait est raconté dans le livre d'où je l'ai tiré :

Eudoxie était fille de Léonce, professeur d'éloquence. Elle acquit, avec l'âge, des connaissances, des talents et de la beauté. Son père la déshérita, persuadé que son mérite et sa figure seraient pour elle une dot suffisante. Pour remédier à son malheur et réparer l'injustice de son père, elle se rendit à Constantinople, et alla se jeter aux pieds de Pulchérie, sœur de l'empereur Théodose le Jeune. Ses malheurs, ses larmes, sa douceur, son éloquence et sa beauté touchèrent cette princesse. Elle en parla à l'empereur, qui voulut la voir et l'entendre ; il la vit, l'admira, l'aima et l'épousa. Il ne laissa jamais échapper une occasion de lui donner des marques de sa tendresse. Un jour, on lui fit présent d'une pomme admirable par sa grosseur et par sa beauté ; il l'envoya à Eudoxie. Elle en fit un don à Paulin, maître des offices, qui était alors malade, et défendit à celui qu'elle chargea de cette commission de dire à cet officier de quelle part il venait. Paulin, rétabli de sa maladie, vint faire sa cour à l'empereur, et lui présenta cette pomme de discorde. Théodose, surpris, court chez l'impératrice, lui demande ce qu'elle a fait de la pomme. Elle répond qu'elle l'a mangée, et le soutient avec serment. Le prince, étonné, se livre à tous les transports de la jalousie, lance un regard furieux sur Eudoxie, et la quitte. La nuit, il fait trancher la tête à Paulin, et, dès que le jour paraît, il envoie ordre à l'impératrice de sortir de la cour. Il y eut sans doute de la précipitation dans la conduite de l'empereur, puisque Paulin et Eudoxie n'avaient commis aucun crime qui les rendît dignes du triste sort qu'il leur fit subir ; mais il y a peu d'hommes, encore moins de princes, qui n'eussent été indignés du mensonge de la princesse, et qui ne l'eussent violemment soupçonnée d'être coupable. C'est donc le mensonge qui fut la seule cause de sa perte. Jugez, après cela, si je n'ai pas raison de l'abhorrer, et si vous pourriez jamais assez le haïr.

Je vais écrire à votre tante pour la remercier des attentions et du zèle qu'elle a pour vous. Je voudrais bien que vous eussiez le courage de joindre vos remercîments aux miens, et que, au lieu de bouder contre votre bienfaitrice, vous allassiez déposer votre rancune à ses pieds, lui jurer un attachement inviolable, et la prier de ne pas vous épargner les avis et les réprimandes. Cette démarche me donnerait la meilleure idée de votre caractère, et me procurerait la plus douce satisfaction. Je compte trop sur votre amour pour croire que vous veuliez m'en priver, et j'espère que votre tante n'aura plus qu'à se louer de votre docilité.

LA FILLE A SA MÈRE.

Soyez tranquille, maman, je n'ai plus ni griefs ni rancune contre ma tante. Dès que j'eus reçu votre lettre, j'allai lui faire ma confession et lui avouer mes torts en tremblant ; mais elle me témoigna tant d'amitié que je fus bientôt rassurée. Sa douceur et sa bonté me firent rougir des plaintes que j'avais osé vous porter contre elle, et je finis par lui protester que, bien loin de lui savoir mauvais gré des corrections qu'elle pourrait me faire, je les recevrais toujours avec la plus grande reconnaissance. Donnez, je vous prie, cette nouvelle à papa, que je remercie bien des sages avis qu'il joignit aux vôtres.

LA MÈRE A SA FILLE.

Que vous êtes heureuse, ma fille, d'être dans la
sainte maison où vous êtes ! car votre piété aurait
bien à souffrir en voyant toutes les folies du carnaval. Jamais elles n'ont été poussées plus loin. Il
semble que les lois du christianisme sont abolies,
et que nous en sommes revenus au temps des orgies
et des bacchanales. Ce ne sont partout que jeux,
que danses, que mascarades. On voit une infinité de
femmes et de jeunes filles qui, déguisant leurs traits
sous mille formes différentes, ne font pas difficulté
de se produire dans des bals nocturnes où l'on n'entre que sous le masque, et où les personnes des
deux sexes sont tellement confondues qu'on ne les
distingue plus les unes des autres.

Je veux bien croire que les femmes et les demoiselles qui usent de ces déguisements n'ont d'autre
intention que celle de s'amuser, et je me garderais
bien de dire, avec quelques malins, que plusieurs
d'entre elles ne cachent leur visage sous une figure
étrangère que pour dérober leurs intrigues aux yeux
du public; mais peuvent-elles ignorer qu'en se mê-
lant ainsi parmi une troupe d'hommes et de jeunes
gens téméraires et étourdis, elles perdent le droit
qu'elles avaient d'en être respectées, et s'exposent

3..

à entendre sortir de leurs bouches licencieuses des discours capables de les mortifier ou de les faire rougir? Ne savent-elles pas que ces masques risibles, et quelquefois indécents, dont elles se couvrent, sont incompatibles avec la modestie et la pudeur, qui font la gloire de notre sexe? Pour moi, ma fille, je n'ai jamais pu comprendre comment une personne qui a la moindre lueur de bon sens et de religion peut tomber dans un abus si répréhensible; et il me semble que, quand même je ne craindrais pas d'offenser Dieu, la seule crainte de me rendre méprisable aux yeux des hommes suffirait pour m'en préserver.

C'est ce que je disais dernièrement à madame de Montbilla, qui, depuis quelque temps, s'est donnée sérieusement toute à Dieu; et, comme, pendant qu'elle suivait le train du monde, une funeste expérience lui avait souvent appris ce qui se passe dans ces assemblées nocturnes et dans ces bals masqués, elle m'a confirmée dans la mauvaise idée que j'en avais. Loin de soutenir, comme la plupart de celles qui les fréquentent, qu'on n'y trouve que des amusements innocents, elle m'assura qu'elle ne connaissait rien qui offrît plus de piéges à l'innocence; et le regret qu'elle me témoigna d'y avoir assisté me fit toujours mieux sentir qu'on ne saurait les éviter avec trop de soin.

Je n'ai point eu de peine à en éloigner votre frère,

dont la toux a presque entièrement cessé : il se les
interdit de lui-même. Ses seuls amusements sont de
lire le matin, de s'entretenir une grande partie de
l'après-dînée avec votre père, qui lui raconte ses anciennes campagnes ; de se promener ensuite avec le
frère de Julie, l'un des jeunes gens les plus polis,
les plus instruits et les plus vertueux que je connaisse, et de faire, le soir, une partie de reversi
avec les dames qui composent ma petite société.

Vous voyez, par ce que je viens de vous dire,
que notre carnaval est bien tranquille ; mais il n'en
est que plus agréable. Les plaisirs qu'on goûte dans
le sein de sa famille sont les plus doux ; leur
douceur n'est mêlée d'aucune amertume. Il n'en est
pas ainsi des amusements bruyants qu'on cherche
dans le grand monde : ils étourdissent la raison, ils
enivrent les sens, mais ils ne satisfont point le cœur ;
souvent même ils entraînent dans de grands désordres. Ce qui se passe ici sous nos yeux ne le prouve
que trop.

Je me garderais bien, ma fille, de vous rapporter
toutes les anecdotes que la malignité se plaît à divul-
guer ; il y en a pourtant une qui est si publique
que je puis vous l'apprendre sans médisance.

Une de nos dames, après avoir passé vingt-quatre
heures de suite au jeu, a fini par y perdre non-seulement tout son argent, mais encore tous ses bijoux,
tous ses joyaux et une partie de sa garde-robe. Le

mari en est outré, le public en rit, les gens sensés
en gémissent, mais personne n'en est surpris. Cette
dame était généralement reconnue pour une joueuse
de profession, et l'on sait que, lorsque la passion
du jeu s'est emparée du cœur d'une femme, elle lui
fait oublier toutes les bienséances de son sexe, et
quelquefois même toutes les règles de la probité.
C'est ce qui a fait dire à madame Deshoulières :

Les plaisirs sont amers, d'abord qu'on en abuse :
Il est bon de jouer un peu ;
Mais il faut seulement que le jeu nous amuse.
Un joueur, d'un commun aveu,
N'a rien d'humain que l'apparence ;
Et d'ailleurs il n'est pas si facile qu'on pense
D'être fort honnête homme et de jouer gros jeu.
Le désir de gagner, qui nuit et jour occupe,
Est un dangereux aiguillon.
On commence par être dupe,
On finit par être fripon.

L'expérience ne confirme que trop la vérité de
cette maxime, et l'on a bien raison de dire qu'il faut
autant se défier de l'artifice de certains joueurs que
des caprices de la fortune. Aussi, lorsque je vois

des jeunes personnes qui s'avisent de jouer, surtout
aux jeux de hasard, je serais tentée de leur arracher
les dés ou les cartes des mains, et je dirais volontiers
des injures aux mères qui ont la faiblesse de les leur
laisser prendre. On a beau dire, pour s'excuser,
qu'on ne joue que petit jeu, et qu'en jouant on ne
cherche qu'à s'amuser. La dame dont je vous ai parlé
tenait probablement ce langage lorsqu'elle était
jeune; mais peu à peu elle a pris le goût du jeu;
ce goût s'est changé ensuite en passion, et vous
voyez, par ce que je vous en ai dit, jusqu'où cette
passion l'a conduite.

Mais que fais-je, ma fille, et où m'a menée
moi-même cette digression? Je voulais vous entretenir de votre bonheur, et je ne vous ai parlé que
du malheur des autres. Je ne suis pourtant pas fâchée
de ce petit épisode, puisqu'il servira à vous faire
sentir combien vous êtes heureuse de vous trouver
loin des écueils où tant d'autres échouent, surtout
dans les circonstances présentes. Je voudrais bien
jouir du même avantage; et, si j'étais libre, j'irais
passer bien volontiers tout ce temps avec vous. On
dirait peut-être que je ferais un bien triste carnaval;
mais je verrais ma fille, mais je m'entretiendrais avec
ma fille; et, si c'est la joie que nous éprouvons qui
fait tout l'agrément du carnaval, je puis bien vous
assurer qu'il ne pourrait pas y en avoir un plus
agréable pour moi.

LA FILLE A SA MÈRE.

Avant la réception de votre lettre, ma bonne maman, voyant qu'il s'était écoulé près de trois semaines sans que j'eusse reçu de vos nouvelles, je commençais à craindre pour votre santé. Je ne fus entièrement rassurée que lorsque j'eus vu ce que contenait votre avant-dernière lettre. A mesure que je lisais, le cœur me palpitait : j'appréhendais toujours de rencontrer l'article de la maladie. Heureusement je ne rencontrai que la peinture des désordres du carnaval, et le récit de la triste aventure de la dame joueuse. Vous savez, maman, que je n'ai jamais connu ni dés ni cartes, et que, par conséquent, je ne puis pas aimer le jeu : si je l'aimais, l'histoire que vous me rapportez me le ferait haïr à la mort. Ainsi ne craignez rien de ce côté-là, tant pour l'avenir que pour le présent. On ne nous permet pas ici de jouer de l'argent; mais, pour nous amuser pendant le carnaval, on nous fait déclamer quelques-uns des dialogues qui ont été faits pour la maison de Saint-Cyr; et ces dialogues sont ordinairement suivis de quelques petites pièces de poésie. La dernière que nous avons entendue est une fable qui a été, dit-on, composée par une demoiselle de quatorze ans. Elle est intitulée : *La Rose et l'Immortelle.*

Je crois que vous la verrez avec plaisir ; la voici
telle qu'on la trouve dans le Journal de Paris, année 1789, n° 23.

Un beau jour de printemps, la jeune *Eléonore*
Descendit au jardin pour cueillir un bouquet.
Attirant ses regards, le jasmin et l'œillet
    La rendaient incertaine encore.
Bientôt elle aperçoit, dans le coin d'un bosquet,
    La rose qui venait d'éclore.
    Un bouton, doux présent de Flore,
    Par sa forme l'embellissait.
A ses pieds s'élevait une simple immortelle :
    Son éclat était sa fraîcheur.
Moins vive que la rose, et peut-être moins belle,
    Elle plaisait par sa douceur.
    Eléonore aussitôt vole
A l'endroit où ces fleurs croissaient paisiblement,
    Et n'écoutant qu'un goût frivole,
Elle choisit la rose, et s'en pare à l'instant.
    Son attente fut bien trompée.
    La rose lui plaisait d'abord ;
    Mais, le soir, elle fut fanée.
    L'immortelle était fraîche encore.
    Jeunesse, imprudente jeunesse,

Tu préfères à la sagesse

Un faux éclat qui te séduite.

Apprends le sort qui te menace :

Il est un âge où la beauté s'efface ,

Et la vertu jamais ne se détruit.

Vous savez , maman, que vos lettres, quelque longues qu'elles soient, me font un plaisir infini. Ne craignez donc pas d'entrer dans de plus grands détails : je recevrai tout de votre part comme venant de Dieu lui-même.

LA MÈRE A SA FILLE.

Votre lettre , ma fille , a bien augmenté le regret que j'ai de n'avoir pas pu vous aller voir pendant ce carnaval. J'aurais eu un plaisir infini à assister à vos petits concerts, et à vous entendre déclamer vos dialogues, mais il faut savoir sacrifier sa satisfaction à son devoir. Ayez soin du moins de me dédommager de la privation à laquelle je suis obligée de me condamner , en m'apprenant la manière dont vous aurez rempli votre rôle : car vous en jouerez sans doute un dans quelque dialogue, et j'espère que vous vous en tirerez avec honneur.

Votre tante, que j'avais priée de me rendre compte de votre conduite, m'en a parlé sur un ton qui m'a fait oublier tous les petits chagrins que vous m'aviez donnés. Vous en jugerez par sa lettre, que vous trouverez à la fin de la mienne. Ce qui m'a fait surtout beaucoup de plaisir, c'est qu'elle me marque expressément que, depuis quelque temps, vous êtes plus exacte à fréquenter les sacrements. Ce n'est pas que, par-là même qu'on se confesse et que l'on communie souvent, on soit véritablement pieux ; mais on prend du moins les moyens les plus efficaces pour le devenir et pour l'être toujours.

En effet, ma fille, la confession et la communion sont deux sources de grâces que Dieu a établies pour fournir à tous nos besoins. Dans la première, nous trouvons un remède pour guérir nos maux ; et la seconde nous offre un aliment pour entretenir et pour augmenter nos forces. Au tribunal de la pénitence, nous nous purifions de toutes les taches que nous avons contractées ; et, à la table sainte, nous nous fortifions contre tous les assauts que nous avons à soutenir.

De là vient que les personnes qui sont les plus exactes à fréquenter les sacrements persévèrent ordinairement dans la pratique de la vertu, et y font les plus grands progrès ; au lieu que celles qui s'en éloignent entièrement, ou qui ne s'en approchent que rarement, donnent, pour l'ordinaire, dans les plus grands désordres, ou n'ont du moins qu'une piété faible et chancelante, qui se dément à la première occasion.

Et il n'y a rien en cela qui doive nous surprendre. Car, dites-moi, ma fille, seriez-vous surprise qu'une personne qui serait sujette à de fréquentes indispositions, et qui ne voudrait prendre aucun remède pour s'en guérir, tombât peu à peu dans les maladies les plus dangereuses? Seriez-vous étonnée qu'une personne qui serait naturellement faible, et qui s'obstinerait à refuser les aliments qu'on lui présenterait pour la fortifier, ne se soutînt plus qu'avec peine, et dépérît enfin totalement?

Eh bien! mon enfant, notre âme est sujette à mille imperfections et à mille défauts, qui sont pour elle comme autant de maladies légères. Si nous avons soin de recourir au remède salutaire que Dieu a établi pour nous en guérir, qui est la confession, nous en arrêtons les progrès, et elles n'ont, pour l'ordinaire, aucune suite funeste; si, au contraire, nous négligeons ce remède salutaire, nos fautes augmentent, nos maux s'enracinent, se fortifient, et finissent souvent par donner la mort à notre âme. Nous sommes naturellement faibles, et nous avons des devoirs pénibles à remplir; mais, malgré l'infirmité de notre nature, si nous nous nourrissons du pain des forts, qui est la divine Eucharistie, nous triompherons de tous les obstacles qui nous arrêtent, et de tous les dangers que nous pouvons rencontrer dans les voies du salut. Si, au contraire, nous sommes assez ennemis de nous-mêmes pour nous priver volontairement de ce pain de vie, notre faiblesse deviendra toujours plus grande, et n'ayant plus la force de résister à nos ennemis et à nos passions, nous serons vaincus à la première attaque.

Combien de jeunes personnes qui en ont fait la triste expérience ! Tant qu'elles étaient exactes à fréquenter les sacrements, c'étaient des modèles de vertu et de piété ; mais, dès qu'elles ont commencé à s'en éloigner, leur piété s'est éteinte, leur vertu s'est démentie, et, après avoir été l'exemple du monde, elles en sont devenues quelquefois le scandale.

Je me flatte, ma fille, qu'il n'en sera pas ainsi de vous ; mais je vous le prédis, et je vous prie de ne pas oublier cette prédiction : vous avez beau protester maintenant que vous voulez être toute à Dieu, si vous ne vous faites pas une loi de fréquenter les sacrements, tous ces beaux sentiments de piété que vous avez s'évanouiront, et vous deviendrez infailliblement ce que sont devenues tant d'autres personnes qui, à votre âge, étaient peut-être encore plus pieuses que vous. Je vous en conjure donc, ma fille, prenez, dès ce jour, la ferme résolution de vous confesser et de communier souvent, et soyez bien persuadée que c'est de là principalement que dépend notre persévérance dans le bien et dans la vertu.

Je ne vous dirai rien ici des dispositions que vous devez apporter à la confession et à la communion : vous trouverez dans les livres que vous avez toutes les instructions que je pourrais vous donner sur ce sujet. Ce que je vous recommande seulement, c'est de ne pas faire comme la plupart des jeunes personnes qui, pour se préparer au sacrement de la Pénitence ou de l'Eucharistie, se contentent de prononcer du bout des lèvres les prières qu'elles trouvent dans leurs *Heures*, sans y faire la moindre attention. Ce ne sont point nos paroles que Dieu exige de nous, ce sont nos sentiments, c'est notre cœur. Faites donc tous vos efforts pour bien entrer dans le sens des prières que vous lui adresserez ; portez au tribunal de la pénitence une vive douleur de vos péchés et un ferme propos de ne plus les commettre ; approchez-vous de la table sacrée avec une humilité profonde, avec un amour ardent pour Jésus-Christ, et, pour vous exciter à ces sentiments, songez à ce que vous avez fait et à ce que vous faites encore tous les jours pour moi.

Je vous ai vue cent fois, lorsque vous croyiez m'avoir déplu par quelque parole trop vive, vous jeter à mes pieds et me témoigner votre douleur par vos larmes. Ne devez-vous pas pleurer encore plus amèrement des péchés et des fautes qui ont offensé le sou-

verain maître de l'univers? Vous me dites souvent
dans vos lettres que vous m'aimez autant que je
vous chéris, et je vous en crois sur votre parole.
Mais la tendresse que Jésus-Christ fait éclater envers
vous ne mérite-t-elle pas encore plus votre amour
que toute celle que j'ai pu vous témoigner? Je vous
ai portée, il est vrai, dans mon sein, et je vous ai
nourrie de mon lait; mais, par l'Eucharistie, ce
divin Sauveur daigne lui-même descendre dans votre
cœur, et vous nourrir de sa propre chair : n'est-ce
pas là un bienfait encore plus précieux? et pourriez-
vous ne pas vous donner à un Dieu qui, pour gage
de sa bonté, se donne lui-même à vous? Non, ma
fille, vous ne serez pas ingrate jusqu'à ce point, et
l'amour que vous avez pour moi m'est un sûr garant
de celui que vous aurez pour ce Dieu qui seul mérite de posséder notre cœur.

Vous trouverez peut-être ma lettre trop longue;
mais j'ai cru que votre piété vous en ferait supporter
les longueurs. On ne s'ennuie jamais d'entendre parler de ce que l'on aime, comme on ne croit jamais
être trop long lorsqu'on écrit aux personnes dont
on est aimé. C'est là du moins ce que j'éprouve en
vous écrivant.

LA MÈRE ROSALIE A MADAME ***.

Pour cette fois, madame, je n'ai que des nouvelles consolantes à vous donner, et, en vous rendant compte de la conduite de notre chère Emilie, je puis être sincère, sans craindre de rien dire qui puisse vous affliger. Ce n'est pas qu'elle soit entièrement exempte de défauts : la perfection n'est pas faite pour son âge; mais elle en a moins, et ils se montrent plus rarement. Depuis l'aventure de la migraine, il n'a plus été question de mensonge; elle a eu, au contraire, le courage de me dire la vérité dans une occasion où son amour-propre était intéressé à me la déguiser; ce courage est, ce me semble, d'un bon augure pour l'avenir. Voici ce qui donna lieu à l'aveu qu'elle me fit, et que je regarde comme un sacrifice dont nous devons lui tenir compte.

Il y a environ trois semaines qu'une de nos pensionnaires, qui était allée dîner chez ses parents, rapporta, le soir, une abondante provision d'oranges et de dragées, qu'on avait eu l'imprudence de lui donner. Comme elle est fort attachée à Emilie, elle se fit un plaisir de partager ses bonbons avec elle pendant la récréation, et Emilie s'en fit sans doute un encore plus grand de les manger tout de suite. Mais elle fut bien punie de sa gourmandise; car, après avoir souffert toute la nuit, elle n'eut pas la force de se lever, et fut obligée de m'avouer, le lendemain matin, qu'elle était malade. La pâleur de son visage m'attestait la vérité de ses paroles. Je lui fis tout de suite question sur question pour connaître la nature de son mal : elle me dit qu'elle sentait de vives douleurs d'estomac et une grande envie de vomir. Je compris que c'était une indigestion ; je lui fis prendre ce qui me parut le plus propre à l'en guérir, et j'en vins heureusement à bout. Quand elle fut remise de son indisposition, je voulus savoir par elle-même quel en avait été le principe, et prenant un ton d'assurance : « Il n'est pas possible, lui dis-je, que cette maladie soit venue si promptement sans que vous y ayez donné lieu. Sûrement vous avez pris, hors du temps des repas, quelque chose qui vous l'a causée. » A ces mots, elle rougit et garda le silence. Mais, comme je la pressai de me parler avec confiance, elle m'avoua qu'elle avait mangé, pendant la récréation du soir, trois oranges avec quelques poignées de dragées. « Ah ! je ne suis plus surprise, lui dis-je alors, que vous ayez éprouvé ce violent mal d'estomac et ce vomissement considérable, qui m'ont tant alarmée, et vous ont tant fait souffrir : ce sont là les suites ordinaires de l'intempérance. Heureusement on ne saura pas que vous vous êtes laissé dominer par un vice si bas et si honteux : il vous rendrait méprisable aux yeux de toutes les personnes sages et raisonnables ; vous ne l'êtes pourtant pas aux miens, parce que j'imagine que vous n'avez péché que par ignorance , et que vous ne croyiez pas que la gourmandise pût mener si loin ; mais, à présent que vous avez éprouvé l'état pénible et humiliant où elle nous réduit, je me flatte que cette triste expérience suffira pour vous en préserver. —Vous avez bien raison, me répondit-elle ; j'ai trop bien senti en cette occasion combien il en coûte de satisfaire ses goûts sans modération, pour ne pas me priver désormais de tout ce qui pourra me nuire, et je vous promets que ce qui vient de m'arriver sera pour moi une leçon dont je me souviendrai toute ma vie.

Elle s'en est souvenue en effet. Depuis l'époque de l'indigestion, je n'ai pas eu plus de reproches à lui faire sur l'article de la gourmandise que sur celui du mensonge. Voilà donc déjà deux ennemis vaincus. Les autres le seront bientôt. Emilie a pris les moyens les plus efficaces pour en triompher : elle est plus assidue à la prière, plus exacte à fréquenter es sacrements ; et, comme elle sait qu'il ne servirait de rien de se confesser et de communier souvent si on ne s'appliquait à vivre plus saintement, elle se tient beaucoup plus sur ses gardes qu'auparavant. Je n'oublierai rien pour entretenir la nouvelle ferveur dont elle est animée. Si j'en viens à bout, je croirai avoir tout gagné, puisque la piété, comme vous le savez, est le fondement de toutes les vertus. Mais,

afin que mes soins soient plus efficaces, je vous prie,
madame, d'y joindre les vôtres, et d'écrire à Emilie
le plus souvent qu'il vous sera possible. En lui rendant service, vous lui procurerez la plus douce satisfaction : car elle n'aime rien tant que vos lettres, et,
toutes les fois qu'elle me les a lues, j'ai trouvé qu'elle
avait raison.

LA MÈRE A SA FILLE.

Vous voudriez donc, ma fille, que je donnasse
plus d'étendue à mes lettres, et que j'y entrasse dans
de plus grands détails. Ce désir est d'un très-bon
augure : il me prouve que vous aimez à vous instruire, et il augmente le regret que j'ai de ne pouvoir pas vous donner moi-même les instructions que
vous souhaitez. Vous n'y perdrez pourtant rien, et
je vais vous indiquer une source où il ne tiendra qu'à
vous de puiser mille fois plus de connaissances
que vous ne pourriez en acquérir en lisant mes
lettres.

Cette source salutaire, ce sont les livres de piété,
que je regarde comme autant de guides destinés à
nous conduire parmi les ténèbres dont nous sommes
environnés. Ils éclairent l'esprit ; ils échauffent le

cœur ; ils nous font connaître nos devoirs ; ils nous excitent à les remplir ; et, à moins qu'on n'ait entièrement perdu la foi, on ne peut les lire sans se sentir porté à devenir meilleur.

Tout ce que je crains pour vous, ma fille, c'est que vous ne les trouviez trop sérieux : ils le sont en effet ; et, à votre âge, on n'aime pas les choses sérieuses ; mais il en est un où cet inconvénient n'est point à craindre, et qui vous offrira tout à la fois de quoi vous instruire et de quoi vous amuser : c'est l'Histoire sainte.

Les événements merveilleux que renferme l'Ancien Testament, le ton naturel qui y règne, l'aimable simplicité des mœurs qu'on y dépeint, les grands exemples de vertu qu'on y présente, tout est également propre à frapper l'imagination, à éclairer l'esprit, à élever l'âme, à charmer le cœur, et il n'y a rien, dans tous les historiens profanes, qui approche des sublimes et naïves beautés qui brillent de toutes parts dans ce livre divin.

Mais ce qui est encore plus touchant et plus instructif, c'est l'histoire de Jésus-Christ, qui est rapportée dans le Nouveau Testament. C'est là que vous verrez un Dieu, revêtu de notre nature, passer trente-trois ans sur la terre pour nous servir de modèle et de maître ; et que de secours salutaires ne puiserez-vous pas dans sa doctrine et dans sa conduite ! Toutes ses paroles sont des leçons de sagesse ; toutes ses

actions sont des exemples de vertu. Il nous apprend
à être doux et humbles, patients, chastes, pieux,
zélés, charitables; et ce qu'il nous enseigne, il est
lui-même le premier à le pratiquer. On ne voit dans
toute sa vie que mépris des richesses, que fuite des
honneurs, qu'éloignement du monde, qu'amour pour
la prière, que compassion pour les malheureux, que
miséricorde envers les pécheurs, qu'empressement
pour la gloire de Dieu, que zèle pour le salut des
hommes; et jusqu'où l'a-t-il porté ce zèle ardent dont
il était embrasé? Jusqu'à mourir pour nous.

Oui, ma fille, si vous parcourez la vie de Jésus-
Christ, vous verrez que, tout indépendant qu'il était,
ce Dieu de bonté n'a pas fait cependant difficulté de
se sacrifier entièrement pour notre salut; vous verrez
que, peu content d'être né dans l'indigence, et d'a-
voir vécu dans la peine et dans les travaux, il a
voulu encore expirer dans l'opprobre et dans les tourments; vous verrez la peinture détaillée de tous ces
tourments qu'il a endurés; vous le verrez poursuivi,
enchaîné, fouetté, outragé, insulté, crucifié pour
notre salut; et, à cette vue, pourrez-vous vous empêcher de dire : Quoi! un Dieu s'est entièrement
sacrifié pour me sauver, et je ne m'appliquerais pas
entièrement à lui plaire et à le servir! Un Dieu est
mort pour moi, et je refuserais de vivre pour lui!
Il m'a donné son sang, et je ne lui donnerais pas
mon cœur!

4.

Non, ma fille, il n'est pas possible que l'âme même la plus insensible résiste à l'impression que doivent naturellement produire sur elle des objets si touchants ; et si la plupart des hommes ne font rien pour Dieu, ce n'est que parce qu'ils oublient ce qu'il a fait pour nous. Ne l'oubliez pas vous-même, ma fille ; et, pour en entretenir le souvenir dans votre esprit, lisez souvent l'histoire dont je viens de vous parler.

A cette lecture vous pourrez joindre celle de la Vie des Saints, qui réunit l'utile et l'agréable. Ce fut en voyant les grands exemples qu'elle lui présentait que saint Augustin se dit à lui-même ! « Eh quoi, tu ne pourras pas ce qu'ont pu tel et tel ! » Et cette réflexion le toucha si fort qu'il résolut dès-lors de se consacrer entièrement au service de Dieu. Vous avez déjà formé, ma fille, la même résolution ; mais il s'agit de la réduire en pratique. Or rien n'est plus propre à vous engager que l'exemple des saints ; et c'est pour cela que je vous exhorte à lire tous les jours leur vie, comme nous faisions lorsque nous étions en famille. Que vous seriez heureuse si elle opérait sur vous le même effet que sur saint Augustin ! Que je le serais moi-même, puisque j'aurais contribué, par mes conseils, à vous procurer le plus grand de tous les bonheurs !

LA FILLE A SA MÈRE.

Je suis bien fâchée que vos occupations ne vous permettent pas de me donner toutes les instructions que je vous demandais : car, tenez, ma bonne maman, je ne sais si c'est la tendresse que j'ai pour vous qui me fait aimer vos lettres ; mais elles ont pour moi plus de charmes que tout le reste. Les autres lectures ne font souvent aucune impression sur moi ; quelquefois même je ne comprends rien à ce que je lis , au lieu que je trouve tant de clarté et tant d'effusion de cœur dans ce que vous m'écrivez que je vois d'abord ce que vous voulez dire , et que j'en suis souvent touchée jusques aux larmes. Ah ! maman, si vous faisiez un livre , ce serait bien mon livre favori ; mais, puisque vous ne le pouvez pas, je me contenterai de celui que vous m'indiquez.

Vous m'avez bien servie selon mon goût, car j'aime beaucoup à lire les histoires. On nous a mis entre les mains , depuis quelque temps, un livre intitulé : *Le Magasin des Adolescentes.* Il est bien joli , maman , ce livre là. Il y a une certaine *lady Sensée* et une autre encore, nommée *lady Spirituelle ,* qui parlent comme des anges. Mais ce que j'aime le plus , ce sont les histoires qui sont dans ce magasin. Il y en a beaucoup de bien belles et de bien amusantes. On y trouve surtout un abrégé de l'Histoire sainte. Ce que j'en ai déjà vu me donne envie d'en voir le reste ; je vais m'y mettre tout de suite, et, puisque vous me le conseillez, je veux l'apprendre tout entière.

Je lis aussi de temps en temps la Vie des Saints ; mais elle n'est plus accompagnée des réflexions que vous faisiez lorsque je la lisais devant vous. Oh ! que je regrette ces agréables soirées que nous passions ensemble ! Oh ! que je voudrais encore vous avoir pour unique institutrice !... Je m'arrête afin que vous ne croyiez pas que je veuille encore me plaindre de celle que j'ai ici. Non, maman ; depuis notre réconciliation, je n'ai jamais cessé de la respecter et de l'aimer ; mais cette amitié n'approchera jamais des sentiments que j'ai pour vous, pour papa et pour mon frère, que je voudrais presque n'avoir pas vu, parce que je serais moins fâchée de ne le plus voir.

LA MÈRE A SA FILLE.

Je vous ai donc servie selon votre goût en vous conseillant de lire l'Histoire sainte et la Vie des Saints, et vous aimez beaucoup, dites-vous, à lire des livres d'histoire. Cette nouvelle m'a fait d'autant plus de

plaisir que je ne vous connaissais pas ce goût pour
la lecture. Apparemment il vous est venu depuis
que vous êtes au couvent ; et ce n'est pas un des
moindres avantages que vous puissiez en retirer.
Cependant, ma fille, je dois vous en prévenir : cet
avantage , tout grand qu'il est, devient quelquefois
dangereux. Quand on est passionné pour la lecture,
on se laisse emporter par cette passion, qui en
elle-même n'a rien que d'innocent ; on lit tout ce
qui se présente sous le titre *d'histoire*, *d'aventures*,
de mémoires, et, comme il y a sous ces titres une infinité de romans qui ne sont propres qu'à séduire
l'esprit et à corrompre le cœur, on s'expose à se
perdre, en cherchant à s'instruire ou à s'amuser.

C'est ce qui arriva à sainte Thérèse pendant sa
jeunesse. Pour contenter le goût qu'elle avait alors
pour la lecture, elle avait alors commencé par lire
la Vie des Saints, et elle avait été tellement touchée
de l'exemple des martyrs, qui avaient préféré les
tourments et la mort à la perte de leur foi ou
de leur innocence, qu'elle ne soupirait elle-même
qu'après le martyre. Mais, ayant trouvé quelques
romans sous sa main, elle se mit à les lire, sans
autre dessein que celui de satisfaire sa curiosité ;
et cette lecture lui fut si funeste qu'au lieu des
sentiments de piété dont elle était animée, elle n'eut
bientôt plus d'empressement que pour la vanité, que
pour le luxe , que pour les plaisirs ; et elle se serait

perdue infailliblement si, éclairée par la grâce sur le danger de ces livres pernicieux, elle n'eût enfin pris la généreuse résolution d'y renoncer pour toujours.

C'est sainte Thérèse elle-même qui rapporte ce fait, et je le crois d'autant plus aisément que, par tout ce que j'ai entendu dire des romans, j'ai compris qu'il était impossible de les lire sans en recevoir les impressions les plus dangereuses.

En effet, ma fille, comme nous sommes naturellement portés au mal, tout ce qui nous en offre l'image réveille et fortifie en nous ce malheureux penchant. Or, s'il faut s'en rapporter aux témoignages de ceux qui ont lu les romans, et qui sont assez sincères pour avouer ce qu'ils en pensent, c'est cette image qu'on y trouve à chaque page. Ce ne sont partout que conversations tendres, que sentiments passionnés, que peintures séduisantes, que situations alarmantes pour la pudeur. Comme une intrigue amoureuse en fait tout le fonds, l'amour en fait aussi mouvoir tous les ressorts. C'est cette passion, si fertile en crimes et en malheurs, qu'on représente partout sous les couleurs les plus agréables. C'est pour l'autoriser et la justifier qu'on a recours aux maximes les plus licencieuses et les plus contraires à l'esprit du christianisme; c'est pour l'inspirer et la rendre aimable qu'en parlant du prétendu bonheur qu'elle procure, on passe sous silence les jalousies

qu'elle excite, les fureurs qu'elle allume, les remords qu'elle cause, les maux où elle entraîne. En
un mot, ma fille, tout ce qu'on dit dans ces ouvrages
pernicieux, tout ce qu'on y peint, tout ce qu'on y
raconte, ne tend, pour l'ordinaire, qu'à dissiper l'esprit, qu'à échauffer l'imagination, qu'à amollir le
cœur. Ils sont l'école du vice, l'écueil de la vertu,
et c'est pour cela qu'un auteur qu'on n'accusera certainement pas d'être trop rigide a dit expressément :
Jamais fille chaste n'a lu des romans, ou, en les lisant, elle a cessé de l'être.

Je vais donc travailler, dès ce jour, à vous former
une petite bibliothèque, afin que, lorsque vous serez
sortie du couvent, vous puissiez continuer à cultiver
votre esprit. J'en proscrirai les romans, les comédies
et tous les ouvrages capables de nuire à votre innocence; mais j'aurai soin en même temps d'y faire
entrer tous les livres propres à vous instruire, et, en
cela, je croirai vous rendre l'un des services les plus
importants; car, après la vertu et la piété, rien,
selon moi, ne nous est plus utile que l'instruction.
J'oserais même dire qu'elle double notre mérite et
notre bonheur. Une femme qui n'a pour elle que les
agréments de la figure ne peut flatter que les regards, et la gloire qu'elle s'acquiert par sa beauté
s'évanouit avec les années, qui la détruisent; au lieu
que celle qui joint aux qualités extérieures les talents
et les connaissances plaît autant à l'esprit qu'aux

4..

yeux, et conserve toujours l'estime qu'elle s'est attirée par ses lumières, qui ne font qu'augmenter avec l'âge. La première cesse d'être heureuse en cessant d'être jeune, parce qu'elle est privée alors des avantages qui la flattaient le plus ; au lieu que la seconde voit durer son bonheur autant que sa vie, parce que les charmes de l'étude lui font toujours goûter de nouveaux plaisirs; et ce sont ces plaisirs, ma fille, que je cherche à vous ménager, en vous préparant de quoi satisfaire l'amour que vous avez pour la lecture.

LA MÈRE ROSALIE A MADAME ***.

Il faut, en vérité, madame, que vous vous défiiez bien de vos lumières, et que l'amitié dont vous m'honorez vous ait bien prévenue en faveur des miennes, pour me charger du soin de diriger les études de mademoiselle Emilie. J'y consentirais volontiers si vous m'aviez tracé le plan que je dois suivre, persuadée que je ne saurais m'égarer en m'y conformant; mais je craindrais d'être accusée de témérité si j'osais le tracer moi-même. Cependant, pour ne pas me refuser entièrement à votre confiance, je vais vous exposer simplement les idées que j'ai sur ce sujet : vous jugerez vous-même si elles méritent d'être adoptées.

Je ne trouve pas mauvais qu'on cherche à éclairer l'esprit des jeunes demoiselles. L'instruction peut beaucoup contribuer au mérite et au bonheur des personnes de notre sexe, et je serais la première à m'élever contre ceux qui voudraient l'en exclure totalement; mais, pour éviter un excès, il ne faut pas tomber dans un autre. Autrefois on ne leur apprenait rien ; à présent on voudrait leur apprendre tout. On ne se borne pas à leur donner quelque teinture d'histoire et de belles-lettres; sous prétexte que les femmes ne doivent pas être ignorantes, on prend tous les moyens possibles pour en faire des savantes et des philosophes.

Pour moi, il me semble, madame, que ce qu'on doit principalement se proposer en les élevant, c'est de les rendre propres à remplir leur destination, et à s'acquitter des devoirs de l'état où la Providence doit les appeler. Or tout le monde convient qu'elles ne sont faites, en général, que pour veiller sur les détails de l'économie domestique, que pour entretenir le bon ordre dans les maisons, que pour s'occuper des travaux simples et journaliers qu'exigent le soin d'un ménage et l'éducation d'une famille. Faut-il pour cela tant de science, tant d'instruction? et ne saurait-on être bonne ménagère sans être femme savante? N'est-il pas à craindre, au contraire, que la manie de l'érudition et du bel esprit ne nuise à l'amour du travail, et que, pour chercher à augmenter ses connaissances, on ne néglige de remplir ses devoirs? Je ne connais pas assez bien le monde pour en juger par moi-même; mais j'ai souvent ouï dire que les femmes qui brillaient le plus par les lumières de leur esprit n'étaient pas toujours celles qui se distinguaient le plus par la sagesse de leur conduite, et qu'en affectant de paraître savantes, elles ne faisaient que s'attirer le mépris des personnes mêmes dont elles cherchaient à exciter l'admiration.

Ainsi mon avis serait que nous commençassions par inculquer profondément dans son esprit la science de la religion, cette science fondamentale sans laquelle toutes les autres sont inutiles et deviennent même souvent funestes. Vous ne désapprouverez sûrement pas cette méthode : elle est trop conforme à vos principes. Vous avez toujours regardé la religion comme la base d'une bonne éducation, et vous savez que, pour élever chrétiennement les enfants, il faut nécessairement les instruire des dogmes et de la morale du christianisme, puisque c'est là ce qui doit être la règle de leur foi et de leur conduite. Il ne suffit pas de leur faire répéter le Catéchisme, il faut leur en expliquer le sens; il faut leur développer les conséquences qui en découlent, et leur montrer l'application qu'il doivent s'en faire à eux-mêmes. Si on ne prend pas cette sage précaution, leur mé-

moire se remplit de mots, et leur esprit reste vide
d'idées; ils paraissent instruits de leur religion,
mais ils ne le sont pas, et ne le seront jamais.

Aussi, pour prévenir cet inconvénient autant qu'il
est en moi, je n'oublie rien pour graver profondément dans l'esprit de nos pensionnaires les vérités et
les règles de notre foi. Je commence d'abord par leur
en bien faire sentir l'importance et la nécessité. Je
leur représente la science de la religion comme le
seul guide qui puisse nous diriger à travers les écueils
dont nous sommes environnés, et nous conduire
sûrement à l'heureux terme où nous devons tous
aspirer. Je ne cesse de leur répéter que lorsque Dieu
les citera à son tribunal redoutable, il ne les jugera
que d'après les dogmes et la morale du christianisme,
et que, par conséquent, quand même elles ignore-
raient tout le reste, elles en sauront assez si elles
savent penser et vivre chrétiennement.

Après avoir ainsi préparé leur esprit, je prends
tour à tour le Catéchisme historique de Fleury et
celui du diocèse; je leur en fais apprendre les différentes leçons, je les leur explique, je les interroge
sur l'explication que je leur en ai donnée, et je ne
quitte pas un seul article que je ne sois persuadée
qu'elles l'ont bien compris, quand il n'est pas incompréhensible par sa nature.

Je dis : Quand il n'est pas incompréhensible; car
lorsque, dans nos leçons, il se rencontre quelqu'un

de ces dogmes qui sont au-dessus de l'intelligence humaine, je n'entreprends pas de leur en faire sonder la sainte obscurité ; mais, pour réprimer la dangereuse curiosité qui pourrait les y porter, je tâche de leur bien faire entendre que, comme la nature a des secrets qui échappent à la sagacité de notre esprit, il n'est pas surprenant que la religion ait des mystères qui surpassent les lumières de notre raison ; que Dieu ne serait pas un être infini s'il pouvait être compris par une intelligence aussi bornée que celle de l'homme ; qu'il doit nous suffire de savoir qu'il a révélé les vérités que nous croyons ; et que, comme il ne peut ni se tromper ni nous induire en erreur, nous ne pouvons nous égarer en prenant ses paroles pour règle de notre foi. Ces réflexions, que je tâche de leur rendre sensibles par des comparaisons familières, préviennent toutes les questions qu'elles pourraient me faire, et dès qu'en leur exposant un point de notre foi, je leur ai dit : C'est un mystère, elles ne sont plus tentées de m'interroger et de m'en demander l'explication.

C'est là, madame, la méthode que je suivrai en instruisant Emilie ; mais, comme les personnes de son âge ont ordinairement l'esprit trop léger pour pouvoir fixer continuellement leur attention sur le même objet, je varierai ses études tant que je pourrai, et, en lui enseignant les vérités sublimes de la religion, je ne négligerai pas de lui faire acquérir les autres connaissances qui pourront contribuer à éclairer son esprit et à former son cœur. J'aurai soin surtout qu'elle apprenne l'histoire où la morale est mise en action, et où elle trouvera autant de leçons qu'elle verra d'exemples de vertu ; j'exigerai même qu'elle fasse l'extrait de ce qu'elle aura lu. Par ce moyen, les faits se graveront mieux dans sa mémoire, et peu à peu elle se formera à écrire.

L'étude de l'histoire, qui, après celle de la religion, sera sa principale occupation, n'empêchera pas que je ne lui mette entre les mains les livres de littérature qui, sans pouvoir nuire à ses mœurs, me paraîtront propres à lui former le goût ; mais, quoiqu'elle semble aimer les vers, je ne souffrirai pas qu'elle lise des ouvrages de poésie. Ils sont, en général, trop dangereux pour les jeunes gens, et, en amusant leur imagination, ils ne manquent presque jamais de leur gâter le cœur. Je ne pousserai pourtant pas la sévérité sur ce point jusqu'à l'excès, et, lorsque je rencontrerai quelques pièces de vers semblables aux petites fables que vous lui avez envoyées, ou que je lui ai données, je continuerai à les lui faire apprendre et déclamer en public, parce que je crois qu'en cultivant la mémoire, ces petits exercices peuvent servir beaucoup à faire perdre aux jeunes personnes cette timidité excessive qui ressemble souvent à la stupidité.

Tel est, madame, le plan d'étude que je ferais

suivre à notre élève si je ne consultais que mes
idées ; mais, comme je dois me régler sur les vôtres,
j'attends votre réponse pour me décider. Quelle qu'elle
soit, je me ferai un devoir de m'y conformer. Cependant, en mettant entre les mains d'Emilie les livres
que vous me désignerez, je ne cesserai de l'exhorter
à relire souvent vos lettres. C'est, selon moi, une des
lectures les plus utiles qu'elle puisse faire, et, si je
ne craignais d'abuser de la confiance que vous me
témoignez, en permettant qu'Emilie me les communique, j'en prendrais copie, et j'en formerais un
recueil que j'intitulerais : *L'Ecole des jeunes Demoiselles.* L'ouvrage justifierait bien le titre, puisqu'en
le lisant, les jeunes personnes y apprendraient tout
ce qu'il y a de plus propre à leur inspirer l'amour
de la sagesse et de la vertu. Je suis, etc.

LA MÈRE A SA FILLE.

J'ai, ma fille, une nouvelle à vous annoncer. Votre
cousine Caroline est arrivée ici, il y a plus d'un mois.
J'ignore si c'est sa grand'mère qui s'est dégoûtée
d'elle, ou si c'est elle qui s'est ennuyée de demeurer
chez sa grand'mère. Ce qu'il y a de sûr, c'est qu'elle

est à présent chez son oncle, et qu'elle a bien changé.
Ce n'est plus cet air doux, modeste, réservé, que je
vous proposais pour modèle, lorsqu'elle revint du
couvent après la mort de sa mère. Il semble qu'on
l'a métamorphosée dans le pays qu'elle vient d'habi-
ter pendant six mois. Elle n'a ni le même ton, ni
les mêmes manières, ni presque les mêmes traits,
tant elle les altère et les défigure par ses minauderies !

Un auteur a dit :

L'esprit qu'on veut avoir gâte celui qu'on a.

On peut bien dire avec autant de raison que les
grâces qu'on veut se donner gâtent celles qu'on a
reçues de la nature. Votre cousine en est une preuve
bien sensible. A force de vouloir faire l'aimable, elle
a cessé de l'être. On ne découvre plus en elle le moindre vestige de ce charmant naturel qui fait la plus
belle parure de la beauté ; on n'y aperçoit, au contraire, qu'artifice et qu'affectation. Si elle vous regarde, ce n'est qu'avec un coup d'œil apprêté ; si elle
vous parle, ce n'est qu'avec un ton pincé ; si elle fait
quelque mouvement, on dirait que son corps et ses
bras vont par ressort. En un mot, je n'ai jamais vu
de petite-maîtresse plus maussade et plus ridicule.

Mais ne croyez pas qu'elle ait cette idée de sa petite

personne : la complaisance avec laquelle elle se regarde au miroir prouve tout le contraire. Il n'y a rien
de plus plaisant que de voir l'air satifait avec lequel
elle y contemple ses prétendus charmes. L'autre jour,
j'en ris sous cape pendant un quart d'heure ; mais,
comme la scène dura trop long-temps, comme elle
avançait et reculait tour à tour pour saisir le point
de vue qui lui serait le plus favorable, je finis par en
être indignée.

Au reste, je ne suis pas la seule à m'être aperçue
de toutes ses petites minauderies ; elles sautent aux
yeux de tout le monde, et toutes les personnes sen-
sées en ont été choquées autant que moi : ce qui
vous le prouvera, c'est qu'on ne craignit pas de lui
appliquer un jour, en ma présence, la fable que je
vais vous citer :

Au milieu d'une basse-cour,

Un dindon aperçut un jour

Un paon qui, de sa queue étalant la richesse,

Par le brillant éclat de ses vives couleurs,

Enchantait les regards de tous les spectateurs.

Le dindon, entendant qu'on le vantait sans cesse,

Conçut aussitôt le dessein

De briller comme lui, de partager sa gloire ;

Et comme il était sot encore plus que vain,

Sans songer que sa queue était et courte et noire,

Il la dresse, il l'étale, et puis, se promenant,

    Il se donne, en se pavanant,

De l'oiseau de Junon pour l'émule et l'image.

Mais, bien loin d'applaudir à ce sot personnage,

Les spectateurs surpris le montrèrent au doigt;

De son air, de sa queue ils ne firent que rire,

    Et l'un d'eux finit par lui dire :

Au lieu d'un paon, tu n'es qu'un singe maladroit.

On pourrait au dindon comparer à bon droit

Nos jeunes freluquets, nos petites-maîtresses,

Nos élégants enfin de toute les espèces.

    Désirant avoir des appas

        Qu'ils n'ont pas,

    Des autres ils singent les grâces;

Mais ces grâces en eux ne sont que des grimaces,

Qui, loin de leur donner de nouveaux agréments,

Font que chacun les hue, et rit à leurs dépens.

    Tenons-nous-en à la nature ;

    Soyons ce qu'elle nous a faits.

Vouloir de l'artifice emprunter des attraits,

    C'est, selon moi, sottise toute pure.

Si votre cousine Caroline eût suivi le sage conseil qui est renfermé dans ces derniers vers, elle ne serait pas la fable de toute la ville. Mais ce qui me fâche le plus, c'est que je crains que cette affectation ne dégénère en coquetterie, et qu'elle ne cherche à inspirer aux autres les sentiments qu'elle a pour elle.

Je ne crois pourtant pas que votre cousine soit déjà parvenue jusqu'à ce point de dépravation. Je pense, au contraire, que tout son fait n'est qu'étourderie, et qu'elle ne se doute même pas des écueils où peut l'entraîner ce désir excessif de plaire, qui semble être sa passion dominante. Cependant ces écueils sont souvent plus funestes que l'on ne croit : je lisais dernièrement, dans une lettre qu'un Anglais écrit à sa fille, une anecdote bien propre à en faire sentir le danger.

LA FILLE A SA MÈRE.

Votre lettre, maman, m'a surprise au-delà de toute expression : j'ai lu deux fois le portrait que vous me tracez de ma cousine, et, si je n'y eusse vu le nom de Caroline, je n'aurais jamais pu imaginer que ce portrait fût le sien. Il faut, en vérité, que l'air qu'elle vient de respirer soit bien mauvais pour avoir gâté son caractère jusqu'au point que vous me dites. Heureusement elle va en respirer un meilleur, et vos bons conseils remédieront à tout. Je vous prie, ma bonne maman, ne les lui épargnez pas ; et, si elle est assez sage pour en profiter, comme j'aime à le croire, n'oubliez pas, de grâce, de m'en faire part. La nouvelle de son changement me procurera autant de satisfaction que la peinture de ses ridicules m'a causé de chagrin.

Nous déclamâmes, jeudi dernier, notre dialogue, où il y avait trois interlocutrices, et qui roulait sur le vrai mérite des femmes. L'une le faisait consister dans les agréments extérieurs, l'autre dans la vertu en général, et l'autre dans la piété. La première vanta beaucoup les charmes attachés à la beauté, à la politesse, aux talents agréables ; mais on lui montra que ce mérite avait plus d'éclat que de solidité, et qu'il pouvait servir de voile à bien des défauts, et même à beaucoup de vices. La seconde fit un grand éloge de la vertu. On fut d'abord de son avis ; mais on lui fit voir ensuite que, cette vertu, qu'elle exaltait tant, ne consistant qu'à éviter ce qui pourrait déshonorer aux yeux du public, et n'exigeant pas, d'après l'idée qu'on en a communément dans le monde, l'accomplissement de tous les devoirs que nous avons à remplir, il ne pouvait en résulter qu'un mérite incomplet et défectueux. « Pour moi, dit alors Julie, » qui jouait le principal rôle dans notre entretien, » je suis très-persuadée que, pour être parfaitement » et constamment vertueux, il faut être véritable-

» ment pieux, et voilà pourquoi je soutiens que
» nous ne devons chercher le vrai mérite que dans
» la piété. C'est elle qui, sans nous empêcher d'ê-
» tre aimables, peut seule nous rendre agréables
» aux yeux de Dieu et estimables à ceux des hommes;
» c'est elle qui relève l'éclat de la beauté par les
» charmes de la modestie, et qui nous fait joindre
» à la politesse un air de candeur et de sincérité
» qui lui donne un nouveau prix; c'est elle, en un
» mot, qui nous fait abhorrer tous les vices, éviter
» tous les défauts, pratiquer toutes les vertus, rem-
» plir tous les devoirs; et n'est-ce pas en cela que
» consiste le vrai mérite? » On s'étendit encore
beaucoup sur les avantages de la piété, et nous finî-
mes toutes par convenir qu'elle devait être préférée
à tout.

Après ce dialogue, nous eûmes un petit concert.
Plusieurs pensionnaires chantèrent différents morceaux de musique, qui furent applaudis.

Le concert fut terminé par d'autres vers, qui furent
chantés avec grâce. J'ai cru devoir les mettre dans
mon recueil, parce qu'ils m'ont paru fort instruc-
tifs; les voici :

Heureux celui qui, dès l'enfance,
De votre aimable joug, Seigneur, porte le poids!
Dès cette vie, un si beau choix

Ne fut jamais sans récompense.
Il trouve dans son innocence
Des plaisirs secrets ;
Il goûte, dans le silence,
Une tranquille paix.
Moins il se donne de licence,
Plus il s'épargne de regrets.

On nous fait espérer qu'il y aura encore un concert le lundi ou le mardi gras ; après quoi tout sera
dit, et nos amusements finiront, à notre grand regret, avec le carnaval. Mais il faut que tout ait une
fin. Je ne vois qu'une chose qui n'en aura point :
c'est le tendre amour que j'ai pour ma bonne maman et pour celui qui ne fait qu'un cœur et qu'une
âme avec elle.

LA MÈRE A SA FILLE.

J'ai été bien charmée, ma très-chère enfant, d'apprendre que vous avez figuré dans le dialogue dont
vous me parlez. Quoique vous ne me disiez rien de
vos succès, je suis persuadée que vous avez bien

joué votre rôle, et, sans vous avoir entendue, je crois pouvoir vous en faire mon compliment. On ne pouvait imaginer un amusement plus utile et plus agréable pour vous égayer pendant le carnaval, et je ne suis pas surprise que vous le regrettiez. Mais il faut que chaque chose ait son tour, et il est bien juste que le temps de la dissipation et des plaisirs soit remplacé par celui du recueillement et de la pénitence.

Je vous avouerai pourtant que je l'ai vu arriver avec quelque peine. Je connais la délicatesse de votre tempérament, et, comme la dévotion porte souvent à faire plus qu'on ne peut, je crains que, pour observer la loi de l'abstinence et du jeûne, vous ne donniez dans quelque excès funeste à votre santé. Tranquillisez-moi donc, je vous en conjure, et marquez-moi, par votre première lettre, comment vous a traitée jusqu'ici le carême.

Pour moi, je n'ai pas à m'en plaindre. J'en suis même mieux, sinon pour le corps, du moins pour l'âme, qui trouve dans le pain de la parole de Dieu de quoi se nourrir et se fortifier. Nous avons, cette année, deux prédicateurs qui le distribuent avec un égal succès. Le premier est extrêmement fleuri ; ses discours pétillent d'esprit, et sont remplis de portraits tracés avec la dernière délicatesse. Aussi tout ce qui affecte d'être sur le bon ton y court avec enthousiasme. Quant à moi, qui ne me pique point d'avoir de l'esprit, et qui ai toujours entendu dire qu'on doit aller au sermon pour s'instruire, et non pas pour s'amuser, je vais tout bonnement à notre paroisse entendre le second. Il n'est point brillant, mais il est solide; il ne flatte pas l'esprit, mais il touche le cœur ; il n'éblouit point par des éclairs d'imagination, mais il attache et il instruit par des détails de morale qui nous apprennent ce que nous devons faire, et ce que souvent nous ne faisons pas.

Tous ses sermons m'ont fait beaucoup de plaisir ; ce que j'ai entendu pourtant avec le plus de satisfaction, c'est le discours qu'il nous donna hier sur les devoirs des parents envers leurs enfants, et des enfants envers leurs parents. Il nous montra d'abord que nous devions aimer nos enfants, et que cet amour devait nous porter à leur procurer le bien le plus précieux, qui est une éducation chrétienne. Tout cela fut fort bien développé : j'en fus d'autant plus charmée qu'après l'avoir écouté bien attentivement, et m'en être fait l'application à moi-même, je n'eus, grâce à Dieu, aucun reproche à me faire : car vous savez, ma chère, combien je vous aime, et le sacrifice que j'ai fait, en me privant de votre présence, pour vous faire élever chrétiennement dans la sainte maison où vous êtes, vous prouve assez que je préfère votre bien à ma satisfaction.

Le second point ne fut pas moins intéressant. Après avoir exposé les obligations des enfants, qu'il

5

fit consister dans le respect, dans l'amour et dans l'obéissance qu'ils doivent à leurs parents, il traça le portrait d'un enfant ingrat, audacieux et rebelle; et, en nous montrant combien ses mépris, son ingratitude et son indocilité étaient opposés aux lois de la nature et à celles de la religion, il nous le fit paraître si odieux qu'en l'entendant je sentis mes cheveux se dresser sur ma tête, et je ne pus m'empêcher de dire en moi-même : « Quel monstre qu'un pareil fils! » Mais bientôt il adoucit ses couleurs, et, en nous offrant la peinture d'un enfant tendre, respectueux, soumis, attentif à exécuter les ordres, à soulager les besoins, à prévenir les désirs de son père et de sa mère, il nous fit passer de l'indignation à la joie.

C'est là du moins ce que j'éprouvai moi-même, parce que dans ce dernier portrait je crus voir le vôtre. Aussi depuis lors j'eus des distractions continuelles; je me rappelais sans cesse l'empressement avec lequel vous m'obéissiez, l'intérêt que vous preniez à ce qui me concernait, les attentions que vous aviez pour moi, et je me disais : « Ma fille est donc ce qu'elle doit être! » Votre père, qui était à mes côtés, eût la même idée que moi, et, lorsque nous nous la communiquâmes mutuellement, nous pleurâmes de joie. Puissiez-vous, ma fille, ne nous faire jamais verser d'autres larmes !

LA FILLE A SA MÈRE.

Ne soyez point en peine sur ma santé, ma bonne maman; je me porte aussi bien à présent que pendant le carnaval, et j'espère qu'il en sera de même jusqu'à Pâques. Vous avez trop bonne idée de ma piété : elle n'est pas assez grande pour me porter à des excès; d'ailleurs, si je voulais pousser les choses trop loin, je serais retenue par ma tante, qui a soin de me choyer autant que vous pourriez le faire vous-même. Elle me signifia, dès le premier jour de carême, qu'elle ne voulait pas absolument que je jeûnasse, et que tout ce qu'elle me permettrait, ce serait de me priver d'une partie du souper le vendredi. Je n'ai rien pu obtenir de plus; quand j'ai voulu lui demander la permission de faire comme d'autres pensionnaires, qui jeûnent certains jours de la semaine, elle m'a toujours répondu que je n'avais pas encore assez de force, et que, pour le présent, je ne devais songer qu'à fortifier mon tempérament, afin d'être en état de jeûner lorsque j'en aurai l'âge, et que les lois de l'Eglise m'y obligeront. « Que ferai-je donc pour le bon Dieu pendant ce carême? lui ai-je dit alors.—Ce que vous ferez? m'a-t-elle répondu : vous ferez jeûner votre langue et vos yeux; vous modérerez votre vivacité; vous réprimerez vos caprices;

5.

vous augmenterez vos prières ; vous consacrerez au soulagement des pauvres une partie de ce qu'on vous donne pour vos menus plaisirs. Ce jeûne n'affaiblira point votre corps, et il servira à sanctifier votre âme. »

J'ai beaucoup goûté ces paroles de ma tante, et je tâcherai de m'y conformer. Ainsi, maman, soyez tranquille sur ma santé ; mais permettez-moi de vous recommander d'avoir soin de la vôtre. J'ai bien plus lieu de craindre le carême pour vous que vous ne le redoutez pour moi ; car je sais comment vous l'observez : c'est ce qui me fait trembler.

Je suis du moins charmée que vous soyez contente de votre prédicateur. Nous en avons aussi un ici qui nous prêche tous les dimanches. Je pris beaucoup de goût au sermon qu'il nous fit dernièrement sur la médisance : il m'apprit bien des choses que je ne savais pas. Je m'imaginais qu'il n'y avait pas grand mal à s'entretenir de ce qu'il peut y avoir de répréhensible dans la conduite des autres, et je ne regardais les discours médisants que comme des amusements innocents et permis. Notre prédicateur ne pense pas de même : il nous les représenta comme autant de crimes ; il alla même jusqu'à nous dire qu'en parlant mal de notre prochain, nous lui causions un plus grand préjudice que si nous lui enfoncions un poignard dans le sein, parce que le poignard ne lui ôterait que la vie, au lieu que la mé-

disance lui ravit l'honneur et la réputation, qui sont
les plus précieux de tous les biens. Il y avait beaucoup d'autres choses dans son sermon qui me frap-
pèrent beaucoup, et que j'ai oubliées. Je me souviens
seulement qu'il compara la médisance à une étincelle,[1] et ses progrès à un incendie. « Une étincelle,
nous dit-il, ne paraît d'abord rien ; mais attendez
quelque temps, et vous verrez qu'elle a suffi pour
produire un grand feu, et pour embraser des maisons entières. Il en est de même, ajouta-t-il, de ces
paroles médisantes que vous laissez échapper contre
votre prochain : elles ne semblent pas d'abord devoir
causer un si grand mal ; cependant il n'en faut pas
souvent davantage pour exciter les vengeances les
plus furieuses, et pour introduire la discorde dans les
familles et parmi les concitoyens. »

Ma mémoire ne me fournit plus rien. Tout ce que
je puis dire, maman, c'est que ce sermon m'a con-
vertie sur l'article de la médisance, et que, depuis
que je l'ai entendu, je suis beaucoup plus réservée
dans mes paroles.

LA MÈRE A SA FILLE.

J'ai fait aujourd'hui une visite bien agréable. Je viens de voir mademoiselle de Malti, arrivée depuis peu d'une abbaye, où elle a demeuré pendant six ans. Vous ne la connaissez pas, parce que vous étiez trop jeune lorsqu'elle partit pour y aller ; mais elle mérite bien d'être connue. Elle nous a enchantés par sa politesse, par ses manières, par la décence de son maintien, et surtout par l'étendue de ses connaissances en fait d'histoire. Ce n'est pas qu'elle ait affecté d'en faire un vain étalage ; elle s'en défendait au contraire, car elle est fort modeste ; mais on l'y a, en quelque sorte, forcée, et voici comment la chose s'est passée.

Comme la conversation roulait sur la maison d'où elle sortait, quelqu'un lui a demandé à quoi l'on occupait les demoiselles qu'on y élevait. Elle a fait tout de suite un long détail de ses occupations : elle a dit, en particulier, qu'indépendamment des travaux et des exercices convenables à notre sexe, on exigeait que les jeunes personnes cultivassent leur esprit par de bonnes lectures, et surtout par l'étude de l'histoire. « Vous savez donc l'histoire ? a ajouté alors le monsieur qui lui avait fait la première question. — Mais, monsieur, a-t-elle répondu, j'ai du

moins tâché d'apprendre avec soin le peu qu'on nous
en a enseigné. — Eh bien ! puisque cela est, a dit
alors le père, qui est un bon homme, et qui était
ravi d'entendre parler sa fille, racontez à ces dames
et à ces messieurs quelques beaux traits qui puissent les amuser. «La demoiselle a d'abord fait quelque
difficulté ; cependant, comme son père la pressait vivement, et qu'elle craignait de manquer à la déférence qu'elle lui devait, elle s'est mise enfin à nous
rapporter quelques actions remarquables, tirées de
l'Histoire ancienne, de l'Histoire romaine et de l'Histoire de France ; mais elle a parlé avec tant d'agrément et de netteté qu'il semblait que les faits qu'elle
nous citait devenaient plus intéressants en passant
par sa bouche.

Nous étions enchantés de l'entendre : la satisfaction était peinte sur tous les visages, et peu s'en
est fallu qu'on n'ait battu des mains. Je vous avoue
qu'en mon particulier j'étais transportée de joie ; et,
comme je vous ai toujours présente à l'esprit, je me
disais intérieurement à moi-même : «Ta fille sera-
t-elle un jour aussi instruite, et auras-tu jamais le
plaisir de l'entendre parler comme celle-ci ? » Ce
doute m'a d'abord fait quelque peine ; mais bientôt
j'ai senti qu'il était mal fondé : car pourquoi ne pour-
riez-vous pas apprendre ce qu'a appris la demoiselle
dont je viens de vous faire l'éloge ? Vous m'avez dit,
dans une de vos lettres, que vous aimiez beaucoup

à lire des histoires. Eh bien ! ma fille , pour me procurer un jour une satisfaction encore plus grande que celle que j'ai éprouvée en entendant cette demoiselle , dès que vous saurez bien l'Histoire sainte, qui doit être le premier objet de vos études , vous n'avez qu'à tourner votre application du côté de l'Histoire profane.

Celle-ci ne vous offrira pas des traits aussi frappants ni aussi édifiants , mais elle ne laissera pas de vous être utile ; et , si elle est moins propre à former votre cœur, elle servira du moins à éclairer votre esprit, en vous apprenant les différentes révolutions et les divers événements qui se sont passés sur la terre depuis la naissance du monde. C'est là une des fins que se propose l'histoire , et c'est aussi ce qui doit vous engager à l'étudier : car , outre qu'elle satisfait notre curiosité en nous instruisant de ce que nous ignorions, elle nous met en état de parler de tout ce qui est arrivé avant nous, et d'écouter avec plaisir ceux qui en parlent en notre présence. On n'est point alors exposé, quand on est en compagnie, à garder un silence stupide, ou à faire des questions ridicules et impertinentes ; on prend, au contraire, un vif intérêt à la conversation, on y figure avec honneur, et , sans affecter de faire la femme ou la fille savante (ce qui serait encore le plus ridicule), on montre, par ses propos, que l'on est instruit, et que l'on a l'esprit cultivé, comme doit l'avoir toute personne bien élevée.

Ce n'est pas là le seul avantage que vous retirerez de l'étude de l'Histoire profane ; vous y trouverez encore mille exemples de vertu, d'autant plus capables de faire impression que ce sont les païens qui nous les ont laissés. Vous y verrez des enfants qui se sont sacrifiés pour sauver leurs parents ; de jeunes personnes qui ont mieux aimé perdre la vie que leur honneur ; des femmes qui, pour ne pas manquer à la fidélité qu'elles avaient vouée à leur époux, ou à l'amour qu'elles avaient pour leurs enfants, ont constamment refusé tous les dons de la faveur et de la fortune ; des riches qui n'estimaient et n'aimaient les richesses que parce qu'ils trouvaient en elles un moyen pour soulager les misères des pauvres ; des empereurs qui croyaient avoir perdu la journée lorsqu'ils l'avaient passée sans faire aucun bien. Chaque siècle, chaque pays, chaque nation vous offrira les plus beaux traits d'humanité, de bienfaisance, de désintéressement, de pudeur, de piété filiale, et ce sont ces beaux traits que je vous conseille de lire et de retenir avec plus de soin, parce qu'une action vertueuse est préférable aux plus brillants exploits.

Je voudrais aussi qu'en les lisant, vous fissiez cette réflexion, qui se présente naturellement, et que j'ai faite souvent moi-même : si des hommes

5..

qui n'avaient d'autres secours que les lumières de
la raison, et qui n'attendaient d'autre récompense
que l'estime de leurs semblables, ont néanmoins
porté si loin l'héroïsme de la vertu, que ne devrions-
nous pas faire, nous qui sommes éclairés du flam-
beau de la religion, et qui savons que Dieu même
doit récompenser nos actions par une gloire infinie
et par une félicité éternelle!

C'est surtout dans cette vue, ma fille, que je désire que vous lisiez l'Histoire profane; mais il n'en
est pas encore temps; et, pour que cette lecture vous
soit aussi utile qu'elle peut l'être, il faut qu'elle soit
précédée par l'étude de la Géographie, qui apprend
à connaître la situation des villes, des provinces et
des royaumes répandus dans les quatre parties du
monde; car, comme les différentes scènes que nous
offre l'Histoire se sont passées en divers endroits,
si vous n'aviez pas une connaissance exacte de tous
les pays, vous ne sauriez souvent où vous en seriez,
et, en confondant les lieux, vous en confondriez
peut-être les événements; au lieu que, dès que
vous aurez bien dans la tête la carte de l'ancien et
du nouveau monde, vous suivrez l'historien avec
beaucoup plus de plaisir, parce que partout vous
serez en pays de connaissance, et vous retiendrez
beaucoup plus aisément les faits, parce que les rap-
ports qu'ils ont avec les lieux contribueront à les
graver profondément dans votre mémoire.

Au reste, ce n'est pas seulement pour vous faciliter l'étude de l'histoire que je veux que vous appreniez la Géographie; c'est encore pour vous mettre en état de comprendre ce qu'on dira dans les conversations, lorsqu'on y parlera des différentes régions de l'univers, et pour vous empêcher de tomber, lorsque vous en parlerez vous-même, dans certaines méprises qui vous couvriraient de honte et de ridicule.

LA FILLE A SA MÈRE.

En lisant ce que vous me dites de mademoiselle de Malti, je crains, maman, d'avoir fait un péché d'envie. Je me suis du moins écriée plus d'une fois: Oh! que cette demoiselle est heureuse, et que je voudrais bien être comme elle!

Vous sentez, maman, que cela ne peut pas venir sitôt : si cependant la bonne envie et l'application suffisent pour acquérir la science, je puis vous promettre que je serai bientôt savante en fait d'histoire. Ce que vous me dites des avantages et du plaisir que l'on en retire sera un nouveau motif pour m'engager à l'étudier avec tout le soin dont je puis être capable. Il doit être, en effet, bien agréable de pouvoir parler, quand l'occasion s'en présente, des grands événements qui sont arrivés avant nous, et d'orner de temps en temps la conversation de quelques anecdotes amusantes et instructives. J'en juge par la satisfaction que j'éprouve lorsque j'entends celles qu'on nous raconte ; je suis alors tout oreilles, et rien ne m'amuse autant que ces sortes de récits. Ma tante nous en fait souvent lorsque l'occasion s'en présente ; mais malheureusement je n'ai pas la mémoire aussi bonne que l'ouïe : je n'oublierai pourtant jamais le trait extraordinaire qu'elle nous rapporta l'autre jour, en nous assurant qu'il était très-vrai, et qu'elle l'avait tiré de l'Histoire de Provence. Le voici tel que je le sais.

Il y avait autrefois un roi de France, nommé François 1er, qui fit un voyage en Provence. En passant par Manosque, il logea chez un homme dont la fille avait été choisie pour lui présenter les clefs de la ville. Cette fille était belle comme le jour, et le roi ne put s'empêcher de témoigner qu'il avait été enchanté de sa rare beauté ; mais aussi elle était sage comme un ange, et, bien loin de se réjouir d'avoir tant plu au monarque, elle en fut inconsolable. C'est pourquoi, dès qu'elle fut de retour dans sa maison, elle prit un réchaud, y mit du soufre, et en reçut la fumée au visage, dans l'intention de se défigurer. Son stratagème lui réussit au mieux : ses traits furent entièrement altérés par l'impression du soufre ; elle devint méconnaissable. On ne manqua pas d'annoncer cette nouvelle à François 1er, et il fut si frappé de la vertu héroïque de cette fille que, voulant lui donner une marque de son estime, il lui assura une somme considérable pour sa dot.

Cette histoire m'a paru si belle que je l'ai mise dans mon petit recueil. J'y mettrai de même toutes les anecdotes remarquables que je rencontrerai dans mes lectures ; et quelle satisfaction n'aurai-je pas à les raconter, surtout quand je vous verrai donner les mêmes marques de contentement que le père de la demoiselle dont vous me parlez dans votre lettre ! Cette seule idée m'inspire la plus grande ardeur pour l'étude de l'Histoire et de la Géographie. J'ai déjà pris quelques leçons de cette dernière science ; mais j'aurais bien envie aussi, maman, d'en prendre quelques-unes de danse. J'attends sur cela votre réponse, et je désire ardemment qu'elle me soit favorable.

LA MÈRE A SA FILLE.

En vérité, ma fille, une mère est bien embarrassée lorsqu'à un cœur tendre elle joint une conscience délicate. Elle ne voudrait ni déplaire à Dieu,

ni contrarier ses enfants ; mais , comme ce que ses
enfants désirent paraît souvent opposé à ce que Dieu
demande, elle ne sait à quoi se résoudre, et il s'é-
lève entre son amour et sa conscience un combat qui
lui déchire le cœur.

C'est là , ma fille , la triste situation où je me
trouve, et, puisqu'il faut vous le dire, c'est vous
qui m'y avez réduite en me priant de vous donner
un maître de danse. Ce n'est pas que la danse ait
rien de mauvais par elle-même : nous voyons que.
les personnes les plus régulières et les plus pieuses
ne se font pas une peine de se permettre cet amusement , soit dans l'intérieur de leur famille , soit en
présence d'une assemblée honnête et choisie ; d'ailleurs il n'est pas défendu , il est même à propos
d'avoir un maintien noble et décent , une démarche
aisée et réglée, de se présenter avec grâce , de saluer
avec dignité , et c'est ce que l'on apprend communément en apprenant à danser.

Mais , ma fille, on abuse des meilleures choses ; et
c'est surtout ici que les abus sont plus funestes et
plus fréquents. Dès qu'une jeune personne se flatte
de savoir danser , elle ne soupire qu'après les occasions de montrer son habileté et de déployer tout ce
qu'elle croit avoir d'adresse et de grâces. Ces occasions ne sont malheureusement que trop ordinaires ;
et, si elle a, comme il arrive souvent, une mère trop
facile et trop indulgente, il ne se donne aucun bal

où elle n'assiste. Mais que trouve-t-elle, que voit-elle, qu'entend-elle dans ces bals? Elle y trouve tout ce que le monde a de plus dissipé, de plus in-dévot, de plus libertin ; car c'est là le rendez-vous de tous les petits-maîtres, de toutes les petites-maî-tresses, de tous ceux, en un mot, qui n'aiment que la dissipation et les plaisirs. Elle y voit tout ce que la vanité peut étaler de plus brillant, tout ce que le désir de plaire peut imaginer de plus séduisant, et souvent tout ce que les parures ont de plus indécent. Elle y entend les louanges les plus adroites, les flatteries les plus insidieuses, les propos même les plus hardis ; car c'est là qu'une jeune impudente se permet souvent ce qu'elle croit devoir s'interdire ailleurs. Quelle école! quel spectacle! ou plutôt quel danger pour un jeune cœur naturellement sus-ceptible de tout ce qui peut faire sur lui des impres-sions funestes!

Ce sont là, ma fille, les tristes pensées qui ont suspendu pendant quelque temps ma détermination ; cependant, tout bien examiné, comme on n'est pas obligé de renoncer à une chose utile et honnête en elle-même, sous prétexte qu'elle peut devenir perni-cieuse par l'abus qu'on en peut faire, je veux bien vous accorder ce que vous me demandez ; mais je ne vous l'accorde qu'à trois conditions : la première, c'est qu'en apprenant à danser, vous ne vous propo-serez d'autre vue que de former votre maintien, que de régler votre démarche, que de vous procurer un honnête délassement en certaines occasions et dans certaines assemblées, où l'on peut danser sans danger ; la seconde, c'est que vous n'apprendrez que des danses décentes ; la troisième enfin, c'est qu'avant de prendre vos leçons de danse, vous me promettrez bien sincèrement de n'en pas abuser, et de ne jamais assister à ces bals dangereux que la religion nous interdit, et qu'on ne peut fréquenter sans s'exposer à offenser Dieu.

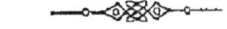

EMILIE A SA MÈRE.

Pardon, ma bonne maman, du chagrin que vous a causé ma dernière lettre : si j'eusse pu prévoir qu'elle dût vous inquiéter, je me serais bien gardée de vous l'écrire ; mais, en vous priant de vouloir bien me donner un maître de danse, je comptais ne vous demander qu'une chose toute simple, et autorisée par un usage presque universel. Je ne pensais pas alors aux dangers qui sont attachés à la danse, je ne les connaissais même pas ; vous me les avez fait connaître, cela suffit.

Non, maman, ne craignez rien : je n'abuserai jamais de la permission que vous avez eu la bonté de

me donner. Eh ! comment le pourrais-je après tout
ce que vous me dites dans votre lettre ?

LA MÈRE A SA FILLE.

J'étais bien persuadée, ma fille, que vous me
feriez la promesse que j'exigeais de vous ; mais les
sentiments de religion dont vous l'accompagnez ont
surpassé mon espérance, et je ne saurais trop vous
en témoigner ma satisfaction. Pour vous en donner
une marque sensible, j'ai cherché dans mon esprit
ce qui pourrait vous faire plaisir ; et, comme je sais
que, lorsqu'on est jeune, on aime ordinairement
la musique, j'ai résolu de prévenir vos désirs, en
vous donnant un maître pour vous l'apprendre, si
votre tante, que je vais consulter sur cela, veut
bien y consentir.

La musique n'offre pas les mêmes inconvénients
que la danse : tout ce qu'on peut craindre d'une personne qui la sait, c'est qu'elle n'abuse de son talent
pour chanter des chansons qui renferment des maximes ou des images dangereuses. A la vérité, cet abus
est souvent plus funeste que l'on ne pense ; mais j'ai
trop bonne idée de vous pour vous en croire capable.
Je suis convaincue, au contraire, que vous aurez

toujours assez de piété et de retenue pour ne jamais rien chanter qui puisse blesser tant soit peu la pudeur et l'honnêteté ; et , avec cette assurance de vos sentiments, je me fais un plaisir de vous fournir les moyens d'apprendre la musique ; mais je voudrais aussi qu'en vous éloignant des occasions et des attraits du vice, elle vous servît à exprimer les sentiments de piété dont vous êtes animée, et que vous employassiez les accents de votre voix à chanter les louanges de celui qui vous l'a donnée ; car je ne puis souffrir ces jeunes personnes qui, toujours prêtes à fredonner les différentes ariettes de nos opéras , se feraient une espèce de honte de chanter une seule strophe de nos poésies chrétiennes.

Est-ce donc que ces poésies n'ont rien qui puisse satisfaire un esprit cultivé et une âme sensible ? On a fait, il est vrai , pour le peuple, des cantiques dont les pensées , les expressions, sont souvent trop simples et trop triviales ; mais on en trouve plusieurs, dans le recueil qu'on a fait pour la paroisse de Saint-Sulpice , dont le style est presque aussi noble que celui des odes sacrées de Rousseau et de M. Lefranc. Voilà les vers dont une jeune demoiselle devrait orner sa mémoire ; voilà ce qu'elle devrait préférer à ces chansons profanes qui, en flattant l'esprit, gâtent souvent le cœur. Elle y serait autorisée par un exemple bien illustre et bien digne d'être imité , celui du Dauphin et de la Dauphine, qui mariaient souvent leurs voix pour chanter des poésies saintes ; et, si elle n'avait pas le suffrage des esprits frivoles, elle aurait celui de tous les gens sages et vertueux.

Quant à moi, ma fille, je crois que rien ne fait plus d'honneur à une jeune personne que d'exprimer, par ces chants, les sentiments qu'elle doit avoir dans le cœur, et je n'ai jamais été plus édifiée qu'un jour que j'entendis chanter aux pensionnaires du couvent de *** une partie des chœurs d'Athalie. La modestie et la grâce avec lesquelles ces jeunes filles rendirent ces morceaux de poésie me ravirent d'admiration, et toutes les personnes qui étaient avec moi convinrent que ces cantiques sacrés, qui renferment les plus belles images et les sentiments les plus affectueux, leur avaient fait autant de plaisir que les romances les plus vantées. Faites-en donc provision maintenant, ma fille, et ayez soin d'en meubler votre mémoire, afin que, lorsque vous viendrez nous rejoindre, je puisse avoir la satisfaction de vous les entendre chanter. Votre frère, qui joue fort bien du violon, pourra vous accompagner, et rien ne sera plus doux pour moi que ce concert domestique.

LA FILLE A SA MÈRE.

Quelle bonté, maman! je n'ai fait que mon devoir en vous promettant ce que vous exigiez de moi, et vous vous empressez de m'en récompenser en m'accordant une nouvelle grâce. J'aime beaucoup la musique; j'ai même été tentée plus d'une fois de vous écrire pour vous prier de vouloir bien permettre que je l'apprisse. Jugez, maman, quelle a dû être ma joie en recevant tout-à-coup cette permission sans l'avoir demandée. J'en ai été toute transportée; j'ai couru chez ma tante pour la prier de faire venir le maître de musique tout de suite, afin que, dès demain, je pusse prendre ma première leçon. Malheureusement elle n'a pas été de mon avis; elle m'a dit qu'il fallait nécessairement qu'elle vous écrivît avant que de se décider sur cet article; mais en même temps elle m'a donné à entendre que j'obtiendrais bientôt ce que je désire, et, de plus, elle m'a prédit que je serais une bonne musicienne. Dieu veuille que sa prédiction s'accomplisse !

Ma tante vient de me remettre une lettre qu'elle me charge de joindre à la mienne. J'attends avec impatience la réponse que vous lui ferez.

LA MÈRE ROSALIE A MADAME ***.

Vous voulez donc, madame, que je vous donne mon sentiment sur le projet que vous avez de donner encore un maître à Emilie. Cette marque de confiance me flatte beaucoup, mais en même temps elle me jette dans un grand embarras. Je voudrais que ma façon de penser s'accordât avec la vôtre, et je sens qu'en vous parlant avec la sincérité que vous exigez de moi, je serai peut-être obligée de contredire vos idées, et de m'opposer à vos désirs. Cet inconvénient pourrait m'arrêter si j'écrivais à toute autre personne; mais je vous connais trop bien pour craindre de vous déplaire en vous disant franchement ce qui me paraît devoir être le plus avantageux à notre chère Emilie. Je vais donc vous exposer ici mes principes, et les soumettre à votre jugement.

Je pense d'abord qu'en général, dans l'éducation des jeunes personnes, on s'attache trop à l'agréable, et pas assez à l'utile. Les divers talents où l'on voudrait les voir exceller peuvent leur donner des grâces, mais ils ne sauraient leur donner des vertus; ils ne servent souvent, au contraire, qu'à leur inspirer des vices, ou tout au moins ils les rendent vaines, frivoles, dissipées, et l'habitude de ces défauts, qu'elles contractent dans le premier âge, influe quelquefois, dans la suite, sur toute leur conduite, et les met presque hors d'état de remplir leurs devoirs. Est-il probable en effet qu'une personne qui, pendant toute sa jeunesse, ne se sera occupée que de danse et de musique, renonce tout-à-coup à ces frivolités pour s'attacher aux détails de l'économie domestique, dont son état la rendra responsable lorsqu'elle sera établie dans le monde? N'est-il pas plutôt à craindre que le goût qu'elle aura pris pour les objets de pur agrément ne lui fasse négliger tout ce que ces obligations lui offriront de grave et de sérieux ; et, lorsqu'elle sera enfin parvenue à cet âge où l'on ne peut plus ni danser, ni chanter, ni s'amuser, saura-t-elle faire autre chose que s'ennuyer ? La connaissance que vous avez du monde vous met à portée d'en juger : je vous laisse cette question à décider.

Pour moi, madame, je serais d'avis qu'en faisant moins de dépenses pour relever dans les jeunes personnes les agréments extérieurs, qui ne leur donnent qu'un vain éclat, on mît plus de soin à perfectionner en elles les qualités de l'esprit et du cœur, qui seules peuvent leur procurer une solide gloire et un vrai bonheur. Je voudrais qu'au lieu de les dresser à former des pas et à fredonner des ariettes, on les accoutumât à lire de bons livres, à s'occuper de travaux utiles : on ne dirait pas alors qu'on leur a donné une belle éducation ; mais on serait forcé de convenir qu'elles en ont reçu une bonne ; elles ne seraient pas citées au nombre des petites-maîtresses élégantes, qui font l'ornement des bals et des assemblées , mais elles seraient comptées parmi les femmes vertueuses, qui sont le soutien des maisons et l'exemple du monde. Ce second avantage vaut bien mieux, ce me semble, que le premier ; et je crois que , si l'on adoptait le syptème d'éducation que je viens de vous proposer , les familles , la société et les demoiselles elles-mêmes y gagneraient beaucoup.

N'imaginez pourtant pas, madame, que je veuille exclure tous les arts d'agrément de l'éducation des filles ; il faut un délassement à tous les âges, et surtout à la jeunesse : d'ailleurs les talents relèvent l'éclat du mérite , et c'est sans doute ce que vous avez en vue en cherchant à développer et à perfectionner ceux de votre aimable Emilie. Mais pourquoi lui donner tant de maîtres à la fois? Les jeunes personnes ne sont pas communément en état de s'adonner en même temps à différentes études. En voulant leur apprendre tout, on ne leur apprend rien, et tout le fruit qu'elles retirent de la multiplicité des leçons qu'on leur donne, c'est d'avoir perdu beaucoup de temps , et dépensé beaucoup d'argent inutilement.

Aussi, puisque vous me faites l'honneur de me consulter, je me crois obligée de vous dire que je ne serais pas du tout du sentiment qu'Emilie embrassât tant d'objets à la fois. Elle a déjà trois maîtres : c'est beaucoup ; si vous lui en donniez un quatrième, ce serait certainement trop. Mais on peut prendre un arrangement qui satisfasse à vos désirs sans nuire à son éducation : notre élève forme déjà assez bien les lettres, et son écriture est assez lisible pour n'avoir plus besoin de leçons à cet égard ; nous pouvons donc, sans inconvénient, renvoyer le maître d'écriture. Celui de géographie ne me paraît pas lui être fort nécessaire : elle possède les premiers principes de cette science, et, avec le secours des cartes que je lui donnerai, elle pourra en prendre une teinture suffisante. Par ce moyen nous serons réduits à deux maîtres. Vos sages principes sur la danse me font présumer que vous ne voulez pas qu'Emilie en prenne le goût en en prenant long-temps des leçons, et je ne m'opposerai certainement pas à cette résolution. Ainsi, dans moins de deux mois, il ne lui resterait que le maître de musique ; et, comme elle ne serait pas distraite par d'autres objets, elle pourrait faire de grands progrès dans cette science, pour laquelle il me semble qu'elle a beaucoup de dispositions.

Cependant, puisque je vous ai promis de vous dire nettement ma façon de penser, je ne puis vous dissimuler que je n'aimerais pas qu'elle y employât trop de temps et qu'elle s'y appliquât avec trop d'ardeur ; car, si une fois elle en avait la passion, elle pourrait bien oublier les sages bornes que vous lui avez prescrites, et alors la musique nuirait encore plus à son innocence qu'elle ne servirait à son amusement. Mais quand même cet inconvénient ne serait pas à craindre : « Je ne sais pas, dit M. Rollin, comment la coutume de faire apprendre, à grands frais, aux jeunes filles à chanter et à jouer des intruments est devenue si commune, et est regardée comme une partie essentielle de leur éducation. J'entends dire que, dès qu'elles sont établies dans le monde, elles n'en font plus aucun usage. Pourquoi donc y donner, pendant la jeunesse, un temps si considérable, qui pourrait être employé à des choses plus utiles ? »

Cette réflexion me paraît très-juste, et je persiste à croire que la culture de l'esprit et du cœur doit passer avant celle des talents extérieurs ; que l'utile est fait pour l'emporter sur l'agréable, et que le meilleur moyen d'apprendre beaucoup de choses aux jeunes personnes, c'est de ne les leur faire étudier que les unes après les autres. Vous jugerez vous-même si j'ai raison : je soumets mes idées à vos lumières.

LA MÈRE A SA FILLE.

J'ai reçu, ma fille, votre lettre et vos remercî-ments, mais je voudrais quelque chose de plus , et je suis bien surprise que vous tardiez tant à satis-faire mes désirs sur un article qui me tient fort au cœur. Je n'ai pas voulu vous en parler jusqu'ici : j'espérais toujours que vous préviendriez ma de-mande ; mais je ne puis plus me taire : le silence me coûte trop, il faut enfin que je m'explique.

Je ne doutais pas que vous ne vous empressassiez de m'envoyer les premiers fruits de votre travail ; je m'attendais chaque jour à recevoir quelque ou-vrage de votre façon ; cependant je n'en ai point en-core vu. Douteriez-vous de l'intérêt que je prends à tout ce qui peut sortir de vos mains , ou croiriez-vous que le travail n'a aucun rapport à l'éducation que j'ai cherché à vous procucer ? Si cela était , vous rendriez bien peu de justice à mes sentiments , et vous entreriez bien mal dans mes vues,

Mon principal but en vous mettant dans la sainte maison où vous êtes a été, il est vrai, de vous four-nir tous les moyens nécessaires pour vous rendre pieuse ; mais j'ai attendu aussi que vous vous y ac-coutumassiez de bonne heure à être laborieuse , et je serais bien peu satisfaite de l'éducation que vous recevriez au couvent si, avec l'amour de la piété, vous n'en rapportiez le goût du travail.

Ce n'est point ainsi, je le sais, que pensent la plupart des jeunes personnes. Elles s'imaginent que, pour être bien élevées, il leur suffit de savoir bien chanter, bien parler, bien se présenter ; et, sur ce principe, elles ne s'appliquent qu'à perfectionner ces talents, et à se donner ces agréments extérieurs. Pour ce qui est du travail, elles le négligent presque entièrement, et elles ne le regardent souvent que comme le partage des personnes à qui l'obscurité de leur état ou la médiocrité de leur fortune en font un besoin.

Mais aussi qu'arrive-t-il ? Ces demoiselles sortent du couvent, elles s'établissent dans le monde ; elles sont à la tête d'un ménage, elles ont une maison à gouverner ; et comme elles ne sont au fait de rien, tout les arrête, tout les embarrasse. Elles ne savent ni faire ni commander ce qui leur est nécessaire. Il faut qu'elles se reposent sur la bonne foi d'autrui ; il faut qu'elles abandonnent tous les détails domestiques à des subalternes qui les trompent, ou qui répondent mal à leur intention ; et de là les murmures que fait éclater un mari, le désordre, la confusion qui règnent dans toute une maison, quelquefois même le dérangement et la décadence des fortunes les plus opulentes : car c'est un proverbe usité, que

6.

les femmes sont la ruine ou le soutien des familles ; et ce proverbe ne se vérifie que trop souvent.

Cependant, ma fille, le mal ne se borne pas là. Comme ces femmes, ennemies du travail, ne savent point s'occuper dans leurs maisons, elles ne savent pas non plus y rester ; leur principale étude est de chercher tout ce qui peut les en éloigner et les mettre à l'abri de l'ennui qu'elles y essuieraient. Après avoir donné la moitié de leur temps au sommeil ou à la parure, elles emploient l'autre à des visites, à des jeux, à des spectacles, où la moindre perte qu'elles font est celle du temps ; et tout ce qu'on peut dire de favorable pour elles, c'est que leur vie n'est qu'une suite continuelle de frivolités et d'amusements. Quelle vie pour des personnes raisonnables, et surtout pour des âmes chrétiennes, dont tous les moments devraient êtres remplis par de bonnes œuvres, ou du moins par des actions utiles et assorties aux devoirs de leur état. C'est cependant celle que mènent la plupart des femmes qui ont passé leur jeunesse dans l'indolence et l'oisiveté.

Il en est tout autrement, ma fille, des personnes qui de bonne heure se sont formées et accutumées au travail. L'heureuse habitude qu'elles en ont contractée les accompagne partout, et leur fait trouver leur satisfaction dans l'accomplissement de leurs devoirs. Il est vrai que la vie qu'elles mènent dans l'intérieur de leur ménage n'est ni aussi brillante, ni aussi tumultueuse, ni aussi variée que celle de ces femmes du monde qui courent sans cesse après les plaisirs, mais elle est plus tranquille, plus méritoire, plus utile, plus estimable aux yeux de Dieu et des hommes.

Aussi, lorsque le Saint-Esprit a voulu nous offrir le portrait d'une femme accomplie, il ne nous l'a point peinte courant après les amusements, brillant dans les cercles, et s'y faisant remarquer par l'éclat de sa parure, ou par les charmes de sa beauté; il nous l'a représentée visitant ses domaines, les améliorant par des réparations utiles, les augmentant par de nouvelles acquisitions, veillant sur la conduite de ses serviteurs, pourvoyant à leur soulagement, à leur nourriture, à leur entretien, entrant dans tous les détails des soins domestiques, filant le lin et la laine, et travaillant elle-même aux vêtements dont elle se parait.

Cette peinture ne conviendrait certainement pas à ces femmes du monde qui croient qu'il est du bel air de ne rien faire, ou de faire des riens. Tout cela leur paraîtrait vil et méprisable : elles s'imagineraient du moins que c'est-là le portrait d'une femme du peuple, ou tout au plus de quelque petite bourgeoise. Point du tout, ma fille, c'est le portrait d'une femme du premier rang ; et, en nous la peignant sous ces traits, l'écrivain sacré nous dit expressément que le mari de cette femme laborieuse était assis parmi

les grands et les juges du peuple, voulant nous faire
entendre par-là que l'élévation du rang n'est point
une raison qui nous autorise à vivre dans l'oisiveté, et que le travail est l'apanage de tous les
états.

LA FILLE A SA MÈRE.

Je mérite bien, maman, les reproches que vous
me faites, et je vous demande bien pardon de ma
négligence; mais, en avouant ma faute, je crois pouvoir vous dire que je ne suis pas tout-à-fait aussi
coupable que je le parais. Si je ne vous ai pas donné
d'abord la satisfaction que vous attendiez de moi, ce
n'a été que pour vous en procurer une plus grande.
Ce que je faisais ici au commencement ne me paraissait pas assez bien travaillé pour être digne de
vous être présenté. Je ne voulais vous montrer mes
ouvrages que lorsque je serais un peu plus habile,
afin qu'en les voyant, vous pussiez vous convaincre
par vous-même que je ne perdais pas mon temps.

Je ne crois pas être encore parvenue au point de
perfection où j'aspire; cependant, puisque vous dé-
sirez avec tant d'ardeur de voir le fruit de mon tra-

vail, je me fais un devoir de vous envoyer tout de suite mes deux derniers ouvrages. C'est une bourse en filet, et une paire de poignets en broderie, que j'avais promis à mon frère, et que je vous prie de lui remettre avec le billet que je lui adresse.

LA MÈRE A SA FILLE.

Vous n'aviez pas besoin, ma fille, de me demander pardon de la négligence que je vous ai reprochée. En voyant les ouvrages que vous m'avez envoyés, je l'ai entièrement oubliée : je n'ai été occupée qu'à admirer la perfection de votre travail. La bourse en filet est faite on ne peut mieux ; la broderie est d'une délicatesse achevée. Votre frère en a été aussi enchanté que moi ; il doit bientot vous en faire ses remercîments. Je n'ai trouvé à tout cela qu'un seul défaut : c'est quel ce sont des ouvrages trop fins et trop déliés. J'aurais mieux aimé que vous m'eussiez envoyé quelque couture bien faite, quelques bas bien tricotés.

Vous trouverez peut-être que j'ai en cela un goût singulier ; mais j'ai toujours ouï dire qu'on devait préférer le solide au frivole, l'utile à l'agréable.

Il n'est pas nécessaire qu'une femme sache faire des
filets, des points de broderie : ce sont là des colifichets dont on peut absolument se passer ; au lieu
qu'il faut nécessairement qu'elle sache faire les ouvrages les plus communs, parce que ces sortes
d'ouvrages reviennent chaque jour dans le détail d'un
ménage.

Je ne suis pourtant pas fâchée que vous sachiez
faire un peu de tout ; je serais même charmée que
vous apprissiez à broder sur canevas, et que vous
vous missiez en état de meubler un appartement avec
cette sorte de broderie, comme a fait ici une dame
de ma connaissance. C'est elle qui a tracé le dessin,
qui a nuancé les couleurs ; et l'art a si bien imité la
nature qu'en voyant les roses et les œillets qui sont
sur les fauteuils et sur les canapés, on est tenté d'y
porter la main pour les cueillir. Cet ouvrage m'a fait
venir l'envie de vous donner un maître pour vous
apprendre à dessiner ; et, la première fois que j'écrirai à votre tante, je la prierai de vous en chercher
un, lorsqu'elle le jugera à propos. En attendant, je
désire surtout que vous vous appliquiez à la couture
et aux travaux ordinaires. C'est ce qui vous sera
le plus utile dans la suite, et ce qui est maintenant
absolument nécessaire pour l'exécution d'un projet
que j'ai en tête.

Nous avons ici quelques dames vertueuses qui,
après s'être acquittées exactement de tous les devoirs

qu'elles ont à remplir dans l'intérieur de leurs maisons, se rassemblent tous les jours pour travailler en commun à faire des bas, des chemises et tout ce qui peut être utile à de pauvres familles honteuses. Ces dames m'ont fait la grâce de me laisser pénétrer dans leur petite société, qu'elles tiennent secrète, par modestie, autant qu'elles le peuvent. Je les ai vues pendant toute une après-dînée, et j'ai été si attendrie et si édifiée de leur charité que j'ai résolu de me joindre à elles toutes les fois que mes affaires me le permettront, afin de contribuer, autant qu'il sera en moi, à la bonne œuvre dont elles s'occupent.

Or, pour en revenir à mon projet, je voudrais, ma fille, que, lorsque vous serez ici, vous fussiez une de nos associées. Mais cela exige à présent de vous un apprentissage; et, pour le bien faire, il n'est pas nécessaire de vous attacher à des filets, à des points de broderie; il faut apprendre à filer, à coudre, à tricoter, et à faire généralement tout ce qui est de notre ressort. Il faut de plus, autant que votre situation vous le permettra, vous mettre au fait de tous les détails qui entrent dans le gouvernement d'une maison : car si jamais vous venez à vous établir dans le monde, c'est sur vous que rouleront tous ces détails; et comment pourrez-vous vous tirer d'affaire si vous n'avez pas un peu d'expérience ? Vous ne saurez, comme je l'ai déjà dit, ni faire vous-

6..

même, ni commander aux autres ce qui conviendrait, et vous serez arrêtée à tous les pas ; au lieu que , si vous suivez le conseil que je vous donne , vous viendrez à bout de tout ; vous entretiendrez le bon ordre partout , sans qu'il vous en coûte presque aucun effort.

Je n'attends que le moment où vous serez de retour du couvent pour vous faire ma coadjutrice, et pour me décharger sur vous de ce qu'il y a à faire dans la maison. C'est vous qui ordonnerez tout , c'est vous qui veillerez sur tout, c'est vous qui arrangerez tout , ou qui ferez tout arranger. J'aurai pourtant l'œil sur vous pour vous diriger , et je suivrai le conseil que donne un auteur célèbre aux mères qui veulent former leurs filles aux soins domestiques.

En un mot, je n'oublierai rien pour vous inspirer les principes de cette sage et noble économie qui s'éloigne également et des épargnes sordides de l'avarice, et des excès ruineux de la prodigalité.

Je sens , ma fille , qu'il n'est pas encore temps de vous occuper de tous ces détails qui ne peuvent avoir lieu que lorsque vous serez ici. Mais le cœur se porte naturellement vers ce qui le flatte ; et , comme, dans sa situation où je suis , le mien ne peut trouver qu'en vous sa consolation, il a cherché à calmer la douleur que me cause le départ prochain de votre frère, en m'offrant l'image de votre retour. Quand est-ce que cette image se changera en réalité ? quand est-ce que je pourrai vous voir, vous serrer dans mes bras ? quand est-ce... Adieu, ma fille ; je sens qu'en voulant adoucir mon chagrin, je ne fais que l'aigrir.

LA FILLE A SA MÈRE.

Si vous ne m'aviez prévenue depuis long-temps contre la vanité, j'aurais bien été tentée, ma bonne maman, de m'enorgueillir des éloges que vous donnez à mes petits ouvrages. Je n'aurais jamais cru être aussi habile ; et ce que vous avez eu la bonté de me dire sur la bourse et sur les poignets m'a autant surprise que flattée.

J'aimerais pourtant mieux vous avoir envoyé les ouvrages communs dont vous me parlez, puisque vous me faites sentir que vous les auriez reçus avec plus de plaisir. Mais laissez faire, maman, s'il ne faut que cela pour vous plaire, j'aurai bientôt l'avantage de vous avoir plu. Dès le jour que je reçus votre lettre, je me mis à tricoter, et vous recevriez avec ma réponse les bas que j'ai commencés si je n'avais pas été interrompue dans mon travail. Madame de Binet, notre parente, a voulu que je pro-

fitasse d'une fête qui s'est donnée ici : elle m'a fait
sortir du couvent pour deux à trois jours. Je ne
saurais vous exprimer tout ce qu'elle a fait pour
moi ; elle était sans cesse attentive à me procurer
tout ce qui semblait devoir m'amuser. Elle m'a conduite à des promenades où l'on voyait des dames dont
les têtes, toutes couvertes de diamants, brillaient
autant que les plus belles étoiles ; elle a même eu la
bonté de me mener à la comédie ; et, si j'avais voulu
la croire, je serais encore chez elle ; mais, en la re-
merciant de ses politesses, je lui ai dit que je craindrais d'en abuser, et je suis retournée à mon poste.

Depuis, j'ai repris mon apprentissage en fait de
couture et de tricotage, et je le continuerai jusqu'à
ce que vous me trouviez digne d'être admise dans la
société des dames édifiantes dont vous me parlez. Je
ne négligerai pourtant pas le reste. Je ferai, au contraire, tous mes efforts pour me mettre en état d'être
un jour votre coadjutrice ; mais souffrez, maman, que
je dise ici comme vous : Quand est-ce que j'aurai ce
plaisir, le plus grand que je puisse goûter ? C'est à
vous, ma bonne maman, à en décider.

LA MÈRE A SA FILLE.

Ah! ma fille, que m'apprenez-vous par votre dernière lettre! Quel chagrin, quelle surprise elle m'a causés! Vous, ma fille, vous à la comédie! et c'est, dites-vous, madame de Binet, notre parente, qui, après vous avoir fait sortir du couvent, à l'occasion de quelque fête, a eu l'imprudence de vous y mener! Ah! si j'avais pu prévoir ce qui est arrivé... mais la chose est faite, le mal est sans remède; il ne me reste plus qu'à gémir.

Ne croyez cependant pas, ma fille, que je vous en fasse de grands reproches : si j'avais ici à blâmer quelqu'un, ce ne serait pas vous. Je reconnais vos sentiments, et je suis très-persuadée que, si vous avez été à la comédie, c'est que vous avez cru qu'on pouvait y aller sans offenser Dieu; mais, en supposant que vous étiez dans l'erreur, il est de mon devoir de ne pas vous y laisser, parce que cette erreur ne pourrait manquer d'être un jour funeste à votre innocence.

Je dois donc vous dire, ma fille, que la comédie est un amusement que tout chrétien doit s'interdire, à moins qu'il ne veuille se rendre coupable aux yeux du Seigneur; et je ne vous le dis qu'après m'en être assurée par les preuves les plus fortes et les plus

convaincantes; car, comme, pendant ma jeunesse,
j'étais vivement sollicitée d'aller aux spectacles, et
que, grâce à Dieu, j'avais assez de religion pour ne
vouloir rien faire qui pût blesser ma conscience, je
m'adressai d'abord à mon directeur, homme sage,
éclairé, et bien propre à me servir de guide en cette
occasion, comme en toutes les autres. Sa réponse
fut des plus décisives : il me dit nettement qu'il ne
croyait pas qu'on pût, sans pécher, se permettre
d'assister à la comédie. Mais, en me déclarant son
sentiment, il me cita toutes les autorités sur lesquelles il était appuyé, et il alla même jusqu'à
m'indiquer les ouvrages où il les avait puisées. La
curiosité me porta à en lire quelques-uns, et tout
ce que j'y trouvai ne servit qu'à me confirmer dans
l'idée que ce savant ecclésiastique m'avait donnée du
théâtre.

Je vis d'abord que les païens eux-mêmes, tout
corrompus qu'ils étaient, ne laissaient pourtant pas
de proscrire les spectacles et d'en flétrir les acteurs,
parce que les uns et les autres ne leur paraissaient
propres qu'à introduire partout la licence et la dépravation des mœurs. Je vis que, parmi les premiers
chrétiens, on regardait comme des espèces d'apostats
ceux qui y assistaient, parce que l'on croyait qu'en
y assistant, on renonçait, en quelque sorte, aux promesses et aux serments qu'on avait faits sur les fonts
sacrés du Baptême. Je vis, dans divers passages tirés

de leurs écrits, que tous les Pères et tous les doc-
teurs ne cessent, en déclamant contre le théâtre,
de le représenter comme une école incompatible avec
l'esprit du christianisme.

Je ne m'en tins pas là, et, comme les amateurs
du théâtre, qui a beaucoup de partisans dans le
monde, parce que de la piété il y en a bien peu, me
disaient sans cesse, pour me rassurer, que si les
prêtres et les dévots condamnaient les spectacles,
c'est qu'ils ne les connaissaient pas assez pour pouvoir en juger, je pris le parti d'aller consulter une
femme de beaucoup d'esprit, qui était alors un modèle de piété, mais qui, pendant sa jeunesse, avait
été passionnée pour la comédie. Je lui rapportai d'a-
bord ce que j'avais lu dans les livres et ce qu'on
m'avait dit dans le monde au sujet des spectacles,
et je la priai ensuite de me dire ce qu'elle en pensait
elle-même, afin que, d'après sa décision, fondée sur
l'expérience, je pusse régler ma conduite. Elle ne
put ou ne voulut pas me répondre tout de suite ;
mais elle me promit de me marquer son sentiment
par écrit, et, le lendemain, elle m'envoya la lettre
suivante, que j'ai conservée précieusement.

« Je suis bien édifiée, madame, de la question
» que vous m'avez faite, parce que c'est une preuve
» que vous craignez Dieu, et que vous ne voulez pas
» vous exposer à l'offenser. Si tout le monde avait
» la même délicatesse de conscience que vous, le

» théâtre [serait bientôt déserté. Mais la plupart de
» ceux qui le fréquentent ne sont pas gens à scru-
» pule. Peu leur importe de savoir s'il peut être fu-
» neste à leur innocence, pourvu qu'il contribue à
» leur amusement. Le seul oracle qu'ils consultent,
» c'est l'amour du plaisir. Cependant, comme per-
» sonne n'aime à se condamner, ceux qui éprouvent
» le plus les dangers du théâtre sont précisément
» ceux qui s'obstinent le plus à soutenir qu'il n'a
» rien de dangereux ; telle est du moins la conduite
» que je tenais moi-même lorsqu'on voulait me ré-
» présenter le désordre et le péril de la malheureuse
» passion que j'ai eue pendant long-temps pour les
» spectacles. Bien loin d'avouer qu'on avait raison de
» les censurer, je ne cessais de dire que je ne compre-
» nais pas comment ils pouvaient avoir des censeurs,
» et que, pour moi, je n'y trouvais qu'un amuse-
» sement honnête, et quelquefois même utile. Mais
» je ne tenais ce langage que parce que j'avais
» intérêt à le tenir, et j'étais aveuglée par l'amour-
» propre ; car lorsque, revenue de l'espèce de charme
» qui me fascinait les yeux, et éclairée des lumières
» de la religion, j'ai voulu rappeler de sang froid
» tout ce que j'avais vu, entendu et ressenti à ces
» sortes de spectacles que je représentais comme
» autant de divertissements innocents, j'en ai conçu
» une idée bien différente. J'ai reconnu clairement
» qu'ils avaient été pour moi une source intarissable

» de fautes et de péchés ; je me suis souvenue que
» mes yeux y avaient été souillés par mille images
» indécentes, mes oreilles frappées de mille équivo-
» ques impures, mon esprit séduit par mille fausses
» maximes ; j'ai compris, en un mot, que, si j'étais
» devenue entièrement différente de ce que j'avais
» été pendant les premières années de ma jeunesse,
» c'est à la comédie que je devais imputer cette
» funeste métamorphose, et qu'en me faisant perdre
» le goût de la piété, elle m'avait inspiré celui de
» la dissipation, des plaisirs et de la vanité.

 » Eh ! comment le théâtre pourrait-il manquer
» de produire tous ces effets ? On n'y offre presque
» jamais que des intrigues de galanterie ; on n'y en-
» tend presque jamais parler que le langage de l'a-
» mour. On y représente la pudeur et la retenue
» comme un vain scrupule, l'art de plaire et de sé-
» duire comme le plus précieux des talents, les
» plaisirs et la volupté comme le souverain bien. On
» y répète à tout moment que le cœur est fait
» pour aimer, et qu'inutilement voudrait-on sur-
» monter le penchant qui nous y porte, qu'il faut
» le suivre sans résistance ; que la jeunesse est la
» saison des plaisirs ; que c'est être ennemi de soi-
» même que de ne pas en profiter, et qu'on sera
» toujours à temps de se dévouer aux rigueurs de la
» triste sagesse.

 » Quelles leçons pour des chrétiens à qui la reli-

» gion fait envisager comme un crime tout ce qui
» peut blesser la pureté des mœurs ! Et ce ne sont
» point ici des leçons mortes et inanimées, telles
» qu'on les trouve dans les livres : ce sont des leçons
» soutenues et animées par tout ce que l'exemple a
» de plus contagieux. Ce qu'on vous enseigne sur le
» théâtre, vous le voyez souvent réduit en pratique :
» vous voyez des héros qui oublient leur gloire, des
» femmes qui trahissent leur devoir, des jeunes
» gens de l'un et de l'autre sexe qui trompent la
» vigilance de leurs parents pour n'écouter que la
» voix de la passion qui les maîtrise. Vous êtes
» témoins de leurs gestes, de leurs regards, de leurs
» transports souvent indécents, toujours passionnés ;
» et, bien loin qu'ils en témoignent le moindre re-
» mords, vous les entendez s'en applaudir et s'en
» faire presque un mérite.

» Que vous dirai-je encore, madame ? Les char-
» mes de la musique, les prestiges des décorations,
» l'immodestie des parures, la liberté des danses,
» tout se réunit au théâtre pour endormir la raison,
» pour amollir le cœur, pour enflammer les passions.
» Le poison y entre par tous les sens : l'âme en est
» comme enivrée ; et, dans ces moments d'ivresse,
» que de sentiments, que de pensées, que de désirs
» dont on ne s'aperçoit pas, parce qu'on est comme
» hors de soi, mais qui n'en sont pourtant pas
» moins criminels aux yeux de celui dont le regard

» perçant pénètre jusque dans les replis les plus
» cachés de notre conscience !

» Oh ! que vous êtes heureuse, madame, de
» n'avoir jamais fréquenté une école si pernicieuse
» à la vertu ! Que n'ai-je eu le même bonheur que
» vous ! Que je me serais épargné de regrets, de
» soupirs et de larmes ! Hélas ! j'en ai souvent versé
» sur les malheurs chimériques des héros ou des
» héroïnes qu'on représentait sur la scène ; mais
» que j'ai bien plus de raison d'en verser sur les
» péchés que j'ai commis à ces représentations.
» Aussi je ne puis m'empêcher d'en répandre
» toutes les fois que je m'en rappelle le souvenir ;
» j'en répands en ce moment même ; elles inondent
» le papier sur lequel je vous écris ; et ces larmes
» vous feront mieux sentir que tous les discours
» ce que je pense et ce que vous devez penser
» vous-même de ces spectacles perfides , qui font
» payer quelques moments de plaisir par des années
» de remords et de repentir. »

Voilà, ma fille, ce que m'écrivit cette respec-
able dame. Jugez, après cela, si je devais être tentée
d'aller à la comédie. Je crus, au contraire, devoir me
décider à y renoncer pour toute ma vie.

LA FILLE A SA MÈRE.

Que je suis malheureuse, maman, de vous avoir causé, sans le savoir, le chagrin mortel que vous avez éprouvé en apprenant que j'avais été à la comédie! Hélas! j'étais, comme vous dites, dans la bonne foi, et je puis bien vous protester que je ne croyais pas faire plus de mal que si je fusse allée à la promenade. Ce qui me donnait lieu de le croire, c'est ce que je me suis toujours souvenue que, lorsque j'étais encore bien petite, vous me menâtes un jour à une pièce qu'on représenta chez madame la marquise de Tarsi. Mais à présent je pense tout autrement, et j'ai vu par moi-même que la dame que vous allâtes consulter avait bien raison de vous détourner du spectacle. La comédie que l'on représenta le jour que j'y fus n'était, en effet, qu'une intrigue peu digne d'oreilles et d'yeux chrétiens. Oh! maman, soyez tranquille; vous n'aurez certainement plus aucun reproche à me faire sur ce sujet; je ne m'appliquerai désormais qu'à vous faire oublier, par ma bonne conduite, l'inquiétude que je vous ai donnée par la fausse démarche que j'ai eu le malheur de faire.

LA MÈRE A SA FILLE.

Je ne serais pas tranquille, ma fille, si je ne revenais sur ce qui a été l'objet de votre dernière lettre, et je me crois d'autant plus obligée à le faire que, si je gardais le silence en cette occasion, vous pourriez imaginer que je me permets ce que je vous défends, et que je semble approuver par mes exemples ce que je condamne par mes discours.

Vous me dites que ce qui vous fit croire que vous pouviez sans peine aller au spectacle, c'est que vous vous ressouvîntes que je vous avais menée moi-même à une comédie qu'on représenta chez madame la marquise de Tarsi. Cela est vrai, ma fille ; mais il y a bien de la différence entre un théâtre public et un théâtre particulier. Dans le premier, les pièces sont jouées par des acteurs et par des actrices qui, indépendamment de la mauvaise réputation dont ils jouissent et de l'indécence qu'ils mettent souvent dans leur jeu ou dans leur parure, ont été frappés des anathêmes de l'Eglise, et sont véritablement excommuniés. Or, en allant les entendre, on est cause qu'ils restent dans cet état d'excommunication, puisque, comme dit un savant auteur, il n'y aurait point de spectacles s'il n'y avait point de spectateurs, et que ce qui se fait pour un public se fait en particulier pour chacun de ceux qui le composent. Cette raison sera toujours un frein qui retiendra toute âme chrétienne ; et, quand même on ne risquerait pas de se perdre en assistant aux représentations qu'on donne dans nos salles de spectacles, il suffit que l'on contribue réellement à la perte des autres pour qu'on doive s'en éloigner.

Il n'en était pas ainsi de la comédie que l'on représenta chez madame de Tarsi : les demoiselles et les jeunes messieurs qui devaient figurer dans la pièce que l'on y joua appartenaient tous à gens de ma connaissance. Mademoiselle de Tarsi devait faire le premier rôle, et j'aurais cru manquer à sa mère si je n'eusse répondu à la prière pressante qu'elle me fit de l'aller entendre. J'aurais pourtant imaginé quelque prétexte plausible pour m'en dispenser si j'eusse eu lieu de craindre qu'on ne représentât quelqu'une de ces pièces où, en paraissant ne vouloir attaquer que le ridicule, on peint le vice sous les couleurs les plus séduisantes, et où l'on cherche bien plus à flatter le penchant des cœurs corrompus par des équivoques impures qu'à satisfaire le goût des esprits délicats par des railleries ingénieuses. Mais je savais que la comédie à laquelle on m'avait invitée ne respirait qu'une morale saine et utile ; que, bien loin de faire naître des idées et des désirs criminels, elle ne pouvait inspirer que des sentiments honnêtes ; et, avec cette assurance, je ne crus pas devoir

me faire une peine d'y assister; encore moins m'en
serais-je fait une de vous y mener. En effet tout se
passa avec la plus grande décence; et, comme votre
plaisir a toujours fait le mien, mon plus grand di-
vertissement fut de vous y voir amuser : mais cet
amusement, comme vous voyez, n'avait rien que
d'innocent; et si, au lieu de vous conduire à la salle
des spectacles, notre cousine vous eût menée chez
une autre ma dame de Tarsi, je n'aurais aucun reproche à lui faire.

Je dis : Si elle vous eût menée chez une autre
madame de Tarsi, car ne croyez pas que j'approuve
indistinctement tous les théâtres de société. Je sais
qu'ils sont fort en vogue depuis quelque temps, et
qu'on ne regarde communément les différentes représentations qui s'y font que comme un exercice
aussi propre à former les jeunes gens qu'à les di-
vertir; mais il s'en faut bien, ma fille, que j'en aie
une idée aussi favorable. Je trouve, au contraire,
dans la fureur qu'on a de jouer la comédie, quelque
chose de bas et de dangereux qui me la ferait autant
craindre que mépriser.

Quoi de plus bas en effet, quoi de plus indigne
d'une âme noble et honnête que de se ravaler jusqu'à faire le rôle d'un vil histrion ! En vérité, je n'ai
jamais conçu une infinité de gens qui se piquent
d'être sur le bon ton : ils ne parlent qu'avec mépris
de la profession de nos actrices et de nos acteurs,

et ils se font une espèce de gloire de les imiter, en
se donnant, comme eux, en spectacle sur un théâtre. Peut-on concilier cette conduite avec la gravité
qui convient à tout homme sage, et surtout avec la
décence et la retenue qui doivent distinguer toute
femme et toute fille bien nées? Le grand mérite des
personnes de notre sexe a toujours consisté à fuir
les regards ou, à ne se montrer qu'avec une modestie
et un air de réserve capables de les faire estimer et
respecter de tous ceux qui les voient; mais, lorsqu'on monte sur un théâtre avec pompe et avec appareil, pour y fixer les yeux de toute une assemblée,
n'affecte-t-on pas une espèce d'impudence qui semble faire entendre qu'au mépris de toutes les bienséances, on ne cherche qu'à briller et qu'à être vue?
et, quand même on ne blesserait la pudeur ni par
l'indécence des parures ni par la liberté des discours,
ne la blesse-t-on pas par la seule hardiesse avec laquelle on ose se produire en public, et y jouer le
même rôle que ces filles décriées à qui le seul nom
d'actrice imprime une tache qui les rend méprisables
aux yeux de tous les honnêtes gens?

LA MÈRE A SA FILLE.

Quoiqu'il n'y ait que quelques jours que je vous ai écrit, je ne puis m'empêcher de remettre la main à la plume pour vous annoncer une nouvelle qui ne peut manquer de vous intéresser. Votre imagination est sans doute déjà en jeu, et vous cherchez dans votre tête quel peut être l'événement que j'ai à vous apprendre. Eh bien! ma fille, c'est le mariage de mademoiselle de Barilliers, que vous regrettâtes tant lorsqu'elle sortit du couvent, avec... Devinez qui... Vous n'en viendriez jamais à bout si je ne vous disais... Avec M. le marquis de Trimonet, l'un des hommes les plus estimables que je connaisse, et qui jouit de trente mille livres de rente, tandis que votre ancienne amie n'a que dix mille écus de dot. Ce mariage est disproportionné pour la fortune; mais il ne saurait être mieux assorti pour le mérite, et c'est la seule raison qui a déterminé le choix de M. le marquis.

Quoiqu'on lui offrît de tous côtés des partis beaucoup plus avantageux et beaucoup plus attrayants, du moins dans les idées de ceux qui ne font cas que des richesses ou de la beauté, il s'est toujours obstiné à donner la préférence à votre amie; et, comme quelqu'un lui en demandait la raison, il a répondu d'une manière qui fait bien l'éloge de sa sagesse.

« Je sais bien, a-t-il dit, que, dans les autres
» partis que vous me vantez, je trouverais l'opu-
» lence et les agréments extérieurs à un plus haut
» degré, mais j'y trouverais peut-être aussi la fierté,
» l'amour du luxe, la vanité, la dissipation ; et tout
» cela contre-balance bien, à mes yeux, les avanta-
» ges que le reste semble promettre. Si je prenais
» une femme par avarice ou par vaine gloire, je
» pourrais bien me décider pour quelqu'une des
» personnes que vous me proposez ; mais je la
» prends pour être heureux, et, si le bonheur,
» comme on le dit tous les jours, est inséparable de
» la vertu, je suis assuré de l'être en épousant
» mademoiselle de Barilliers. Elle n'a pas, il est
» vrai, une beauté qui ravisse les yeux ; mais on
» découvre en elle une douceur, une affabilité et
» une égalité d'humeur qui annoncent un excellent
» caractère. Elle ne se fait pas remarquer par l'éclat
» de sa parure ou par l'enjouement de ses manières,
» mais elle se fait estimer par sa modestie et par la
» décence de son maintien. On ne la voit point bril-
» ler dans les bals ou dans les cercles, au milieu
» d'une jeunesse étourdie ; mais on la voit assidue à
» remplir tous ses devoirs, et uniquement attentive
» à plaire à une mère vertueuse. Elle n'aura pas
» une dot considérable, mais elle m'apportera l'es-

» prit d'ordre, l'amour du travail, la vigilance et
» l'économie, qui sont les plus précieux de tous les
» trésors. En un mot, je pourrais paraître plus heu-
» reux avec une autre, mais je le serai plus avec
» celle-ci; et, si jamais je pouvais cesser de l'aimer,
» je trouverais toujours en elle des vertus et des
» qualités qui me forceraient à l'estimer. »

C'est de la personne même à qui elle a été faite
que je tiens cette réponse de M. le marquis de Trimonet; et je ne sais si elle ne lui fait pas autant
d'honneur qu'à votre amie : ce qu'il y a de certain ,
c'est qu'il a bien rendu justice à son mérite. Je n'ai
pas besoin de vous en faire l'éloge : vous la connaissez aussi bien que moi. Tout ce que je peux vous
dire à sa louange, c'est que, depuis qu'elle est sortie
du couvent, elle ne s'est pas démentie un seul instant, et qu'il n'y a personne ici qui ne l'estime autant que vous l'avez regrettée. Aussi le choix de son
futur époux a été fort applaudi.

Je ne pousse pas plus loin les réflexions qu'il y
aurait à faire sur cet événement : elles se présentent
assez naturellement, et vous en conclurez assez de
vous-même que le meilleur moyen de se faire estimer et rechercher est de se bien conduire.

7.

LA FILLE A SA MÈRE.

Voilà donc mademoiselle de Barilliers sur le point de s'établir de la manière la plus avantageuse et la plus brillante! Je m'en réjouis de tout mon cœur, et je vous prie de lui dire, de ma part, tout ce que l'amitié peut inspirer de plus tendre.

Je reconnais, comme vous me le dites, qu'il n'y a que les qualités de l'esprit et du cœur qui puissent nous faire estimer et aimer : je n'oublierai rien pour cultiver et pour perfectionner en moi l'un et l'autre. Maintenant, puisque vous voulez que je vous rende un compte exact de ce que j'ai appris jusqu'à ce jour, je vais le faire avec toute la sincérité qu'exige l'obéissance que je vous dois.

La géographie me rebuta d'abord par les termes de *continent*, de *promontoire*, de *cap*, etc., qu'il faut dévorer au commencement; mais, dès que je fus au fait de ce grimoire, j'étudiai avec goût, et, toutes les fois que je trouvais sur la carte ce que j'avais lu dans mon livre, j'avais autant de plaisir que si j'eusse deviné le mot d'une énigme. Mes découvertes ont augmenté avec le temps, et ma tante a cru que je n'avais plus besoin de maître. Je continue pourtant à lire mon livre de géographie, et elle a la bonté de m'expliquer les endroits que je ne puis pas comprendre.

Il s'en faut bien que j'aie fait autant de progrès dans l'histoire : je ne sais encore que l'Ancien Testament. Vous aviez bien raison de me dire que c'était le plus beau de tous les livres. J'ai pleuré plus de vingt fois en lisant l'histoire de Joseph, de Judith, d'Esther, de Tobie, et je suis très-aise de la savoir. Maintenant, quand j'assisterai au sermon et que j'entendrai parler de différents traits qui sont rapportés dans la Bible, je ne serai plus déroutée comme autrefois : me trouvant en pays de connaissance, je comprendrai tout ce que dira le prédicateur, et je serai mieux en état d'en profiter. Je ne tarderai pas à me mettre au Nouveau Testament, et de là je passerai à l'histoire profane ; mais il faut bien du temps pour lire tout cela, et nous en avons bien peu.

Je ne sais que vous dire, maman, sur la danse et sur la musique. Tout le monde m'assure que je me tire assez bien du menuet ; cependant vous m'avez dit si souvent qu'il faut se défier des louanges et des compliments que je n'ose le croire. Le témoignage de mon maître de musique me paraît moins suspect : il m'a fait entendre plusieurs fois qu'il était content de ma voix et de la manière dont je rends les airs qu'il m'a appris.

Vous voyez, maman, que je vous ai obéi, et qu'au risque de vous ennuyer, je me suis fait un devoir de répondre à toutes vos questions. Il me reste maintenant une grâce à vous demander, mais

une grâce qui me tient fort au cœur, et qui met-
trait le comble à ma reconnaissance si vous me
l'accordiez : c'est une nouvelle robe et un nouveau
déshabillé. Vous savez que, depuis que je suis ici,
je m'en suis tenue au trousseau que vous m'aviez
fait. Il me semble qu'il serait bien temps que vous
m'envoyassiez quelque chose de neuf. Si vous avez
la complaisance de vous y décider, comme je l'espère, vous me procurerez la plus grande satisfaction,
et je n'oublierai jamais ce nouveau témoignage de
votre amour, que j'attends avec impatience.

LA MÈRE A SA FILLE.

Pour cette fois, ma fille, je n'ai pas à me plaindre : vous êtes entrée dans tous les détails que j'exigeais de vous, et, après les avoir lus, mes désirs
ont été satisfaits; les vôtres le seront aussi. Vous
aurez le déshabillé, vous aurez la robe que vous
demandez, puisque votre tante, que j'ai consultée
pour cela, en reconnaît la nécessité; mais, je ne
puis vous le dissimuler, ma fille, vous avez mis dans
cette demande une si grande vivacité qu'elle m'a
fait appréhender que vous n'ayez trop de goût pour
la parure, et cette crainte me fait quelque peine.

Ce n'est pas que je prétende blâmer tous les soins que l'on prend pour se parer : ce serait pousser la chose trop loin. Il ne nous est pas défendu de nous mettre proprement et décemment, selon notre état ; et, comme ce n'est que par la parure que nous pouvons acquérir cette décence et cette propreté qu'on exige des personnes de notre sexe, il est naturel d'en conclure que nous pouvons nous en occuper jusqu'à un certain point. Cependant, puisque l'occasion s'en présente, je suis bien aise de vous dire ce que je pense sur cet article, afin de vous prévenir contre les abus qui s'y glissent tous les jours.

Il y en a de très-grands, et je ne finirais pas si je voulais vous en faire ici le détail ; mais celui qui me frappe le plus, c'est la perte du temps qu'occasione l'amour de la parure. Dès qu'une fois on est dominé par cette passion, on ne songe plus qu'à la satisfaire, et on regarde son corps comme une idole à laquelle on croit pouvoir consacrer tous ses soins. Suivons en effet une de ces femmes élégantes qui se piquent d'être sur le bon ton. La première chose qu'elle fait le matin en sortant des bras du sommeil, c'est de se mettre à sa toilette. C'est là, si j'ose m'exprimer ainsi, le premier et peut-être le seul autel où elle sacrifie. Après s'y être occupée pendant quelque temps à réparer les désordres de sa coiffure, elle en sort en négligé pour faire quelques courtes apparitions ; mais, pour peu qu'elle prévoie qu'elle sera exposée à voir du monde et à en être vue, elle y retourne bientôt pour y faire une seconde séance plus longue que la première.

Ce n'est pas encore tout : l'heure vient où il faut faire une visite, où il faut se produire dans les assemblées et dans le grand monde ; et alors nouveaux soins, nouvelles attentions, nouveaux préparatifs. Ce que l'on avait fait le matin n'était que la petite parure ; il reste à faire la grande : on quitte le déshabillé élégant, pour y substituer une robe des plus brillantes, et il faut du temps pour se décider sur celle qui convient le mieux pour le jour et pour la circonstance. On examine cent fois devant une glace si tout est en ordre, si le rouge est bien appliqué, s'il n'y a rien de dérangé dans la coiffure. Cependant le temps s'écoule, les heures s'envolent, le moment de l'assemblée approche, on sort pour s'y rendre, et il se trouve à la fin qu'on a employé la moitié de la journée pour se mettre en état de se montrer pendant quelques heures au gré de sa vanité.

Or une pareille conduite est-elle bien chrétienne ? et passer ainsi le temps, surtout les jours spécialement consacrés au culte divin, n'est-ce pas visiblement en faire un mauvais usage ? Quand on nous demande pourquoi Dieu nous a créés et mis au monde, nous répondons, selon les principes du christianisme, que c'est pour le connaître, l'aimer, et pour le servir. Mais, si l'on en jugeait par la vie

que mènent un grand nombre de femmes, ne dirait-
on pas qu'elles n'ont été placées sur la terre que pour
s'embellir, que pour se parer ? et, s'il est vrai que
le souverain juge doive un jour nous demander
compte des paroles inutiles que nous aurons dites,
croyez-vous qu'il ne les rende pas responsables des
moments superflus qu'elles donnent à la parure, et
qu'elles refusent au travail, à la prière et aux bonnes œuvres ?

Il est donc vrai que, pour l'ordinaire, on donne
trop de temps à sa toilette ; mais ne pourrait-on pas
dire avec autant de raison que presque toujours on y
met trop de faste ? et n'est-ce pas pour cela que tout
le monde se plaint des rapides progrès qu'a faits le
luxe ?

Je lisais dernièrement dans l'Histoire de France
que la reine, étant d'un voyage que Philippe le Bel
fit à Bruges, surprise de la magnificence des dames
de cette ville, dit aux personnes qui l'entouraient :
« Je croyais paraître ici comme la seule reine ; mais
j'ai trouvé plus de six cents femmes qui pouvaient
me disputer cette qualité par la richesse de leurs habits. » Si notre auguste souveraine voulait à présent
parcourir le royaume, elle pourrait presque en dire
autant dans toutes nos villes. Il n'en est aucune où
l'on ne se pique d'étaler un faste excessif. Le luxe ne
connaît plus de bornes : il a pénétré jusque dans la
maison du bourgeois, jusque dans la boutique du

marchand, jusque dans l'atelier de l'artisan. Les habits et les parures, qui étaient établis pour distinguer les conditions, ne servent maintenant qu'à les confondre.

Mais, indépendamment de l'opposition qu'il y a entre cet étalage de luxe et l'esprit du christianisme, qui est un esprit de modestie et d'humilité, que gagne-t-on à vouloir paraître plus que l'on n'est? Oh! ma fille, que la vanité est une passion sotte et aveugle, et que les jeunes personnes en seraient bientôt détrompées si elles en prévoyaient les suites funestes! Elles prétendent se faire estimer par l'éclat de leurs ornements, et c'est, pour l'ordinaire, ce qui les fait mépriser. Quelle dépense, d'ailleurs, n'occasione pas une pareille toilette! et je suis très-persuadée que, si, depuis quelque temps, il est si difficile de trouver des partis pour les jeunes personnes, cette difficulté ne vient que de la vanité des filles et de l'indulgence excessive des mères, qui leur laissent prendre de trop grands airs.

Cependant ce faste qu'on met dans sa parure serait moins répréhensible si l'on y observait toujours les règles de la décence et de la modestie. Mais combien de femmes, combien même de jeunes personnes qui se font une espèce de gloire de les violer! C'est là, je l'avoue, ce qui m'a toujours révoltée, et ce qui doit indigner toute âme tant soit peu honnête.

Mais, quand même l'immodestie ne blesserait pas

l'honnête, la religion seule ne devrait-elle pas suffire pour nous engager à la proscrire de nos parures?
Je sais, ma fille, que la plupart des jeunes personnes ont coutume de s'excuser en disant qu'elles
n'ont aucune mauvaise intention, et je veux bien
ici le supposer avec elles. Mais qu'importe qu'elles
n'aient réellement aucune vue de mal faire, si la
manière indécente dont elles se parent est capable
par elle-même de faire un grand mal? Excuserait-on
un homme qui, au lieu de tenir soigneusement renfermé un venin subtil et mortel qu'il aurait en sa
disposition, ne se ferait pas une peine de le répandre partout, sous prétexte qu'il ne prétend nuire à
personne? Or il en est de même des parures immo-
destes, qu'on peut regarder comme le poison de
l'innocence et de la vertu.

LA FILLE A SA MÈRE.

Il est vrai, ma bonne maman, que je mis un peu
de vivacité dans la demande que je vous fis de la
robe et du déshabillé que vous avez eu la bonté de
me promettre; mais je n'en suis pas fâchée, puisque
cette vivacité m'a valu une lettre où vous me donnez tant de sages leçons sur la parure. D'ailleurs,

maman, que devais-je faire? La plupart des pensionnaires, beaucoup mieux mises que moi, me té-
moiguaient continuellement leur surprise sur ce
que j'étais toujours habillée de la même manière.
Il y en eut même une qui me dit un jour avec un
sourire malin : « Apparemment vous avez fait vœu
de vous en tenir à une seule couleur. » Je ne vous
dissimulerai pas que cela me faisait beaucoup de
peine. On aime à être comme les autres; et quoiqu'il fût à souhaiter que tout le monde adoptât vos
principes par rapport à la parure, c'est pourtant la
mode de faire autrement, et il est naturel que l'on
cherche à plaire tant que l'on peut. Néanmoins je
regarderai toujours vos conseils comme la meilleure
règle de conduite que je puisse suivre ; et, si je savais que vous eussiez quelque peine à m'envoyer ce
que j'ai pris la liberté de vous demander, j'y renon-
cerais du meilleur de mon cœur. Mais ce que vous
me dites, et ce que papa m'écrit, me rassure entièrement à cet égard.

LA MÈRE A SA FILLE.

J'ai reçu de vos nouvelles avec bien du plaisir ; il
est pourtant un endroit de votre lettre qui m'a fait

quelque peine : c'est celui où, pour répondre à tout ce que je vous disais dernièrement sur la parure, vous m'opposez l'empire de la mode. Je n'en ai pas été pourtant beaucoup étonnée : je sais que c'est là le grand prétexte qu'allèguent ordinairement les jeunes personnes. Dès qu'on veut leur faire sentir le danger de certaines parures qui blessent la décence et la modestie, elles croient se mettre à l'abri de tout blâme et de tout reproche en disant : « C'est la mode. »

Mais, pour sentir combien ce prétexte est vain, faites ici avec moi, ma fille, une réflexion importante. La mode n'est qu'un usage établi par les hommes, et l'on ne peut la suivre, en conscience, qu'autant qu'elle n'est point opposée à la loi de Dieu ; or toutes les fois que la mode autorise l'indécence et le faste, elle est réellement contraire à la loi divine, qui nous prescrit la modestie et l'humilité.

J'ai lu dans l'un de nos auteurs que, lorsque le christianisme se répandit sur la terre, il régnait une grande licence dans les modes que suivaient les femmes païennes. Les plus nobles d'entre elles, dit cet auteur d'après le témoignage d'un historien contemporain, avaient quitté ces habillements majestueux, dont l'appareil imposant marquait et défendait en même temps l'ancienne dignité de la pudicité romaine. On s'habillait alors à peu près comme à présent, avec un artifice favorable à tous les dérè-

glements. Cependant, malgré cet exemple et cet
usage public, il fallait que toutes les femmes chrétiennes, en vertu de leur baptême et de leur foi,
tinssent ferme contre la mode, à la vue des dames
païennes au milieu desquelles elles vivaient. Si quelques-unes se plaignaient de la contrainte où l'Eglise
les réduisait, on ne leur répondait qu'en leur pro-
posant le choix de vivre à la façon des idolâtres, ou
de se conformer à la loi de Jésus-Christ. « Nous savons, leur disait-on, que les modes que vous voudriez suivre sont en vigueur chez les Grecs et chez
les Romains; mais elles sont proscrites chez les chrétiens. Choisissez donc de ces deux costumes : ou
cessez d'être chrétiennes, ou, si vous voulez continuer à l'être, sachez que la pudeur et la modestie
sont les seuls ornements qui conviennent à une
femme qui porte ce nom. » Ce qu'on disait alors,
ma fille, on doit le dire encore à présent. La religion ne peut pas changer, et les usages du monde
ne prévaudront jamais contre ses lois. Ou il faut donc
renoncer au christianisme, ou il faut se soustraire
à l'empire de la mode, lorsqu'elle est contraire aux
devoirs que nous avons à remplir, ou aux vertus que
nous devons pratiquer.

Mais quoi! direz-vous peut-être ici, est-ce toujours un crime de se conformer aux usages reçus?
et n'y a-t-il pas plusieurs modes indifférentes qu'on
peut suivre sans blesser sa conscience? Oui, ma

fille, il y en a plusieurs ; mais si, en les suivant avec trop d'empressement, on ne se rend pas toujours coupable aux yeux de Dieu, on se rend du moins ridicule à ceux des hommes.

Quoi de plus risible en effet que la manie de ces femmes du bon ton, qui sont sans cesse à l'affût des modes nouvelles ? A voir l'intérêt qu'elles prennent à un pompon, à une coiffure, à un ajustement d'une nouvelle invention, on dirait que leur bonheur dépend de ces bagatelles.

Je n'examinerai point ici, ma fille, si cette conduite est bien conforme à l'esprit du christianisme, et si, tandis que tant de pauvres manquent du nécessaire, il est permis de se donner tant d'ornements superflus. Le souverain juge en décidera un jour, et qu'est-ce que ces femmes élégantes auront à répondre lorsqu'il leur dira : « J'avais faim, et vous ne m'avez pas donné à manger ; j'avais soif, et vous ne m'avez pas donné à boire ; j'étais nu, et vous ne m'avez pas fourni des vêtements pour me couvrir ? » Diront-elles qu'elles avaient leur vanité à contenter, leur beauté à relever, les coutumes du monde à observer? et cette excuse ne serait-elle pas encore plus criminelle que l'omission dont elles chercheraient à s'excuser ?

Je demande seulement si cet asservissement aux variations et aux caprices de la mode est digne d'une âme sensée, et s'il n'est pas plutôt la marque d'un esprit léger qui, comme une girouette, tourne à tous les vents ?

Je ne prétends pas cependant que votre parure contraste avec celle des autres, ni que vous affichiez un extérieur antique : ce serait une singularité ridicule, et qui tiendrait de l'extravagance ; mais je voudrais qu'en évitant cette singularité, vous ne vous écartassiez jamais de cette noble simplicité qui est si convenable à une fille chrétienne ; je voudrais que, selon le conseil d'un auteur célèbre, vous ne satisfissiez à la mode que comme à une servitude fâcheuse, et que vous ne lui accordassiez que ce que vous ne pourriez lui refuser ; je voudrais qu'en vous conformant à ses lois, vous entrassiez dans les sentiments de la pieuse Esther, qui, lorsqu'elle était obligée de se montrer avec l'appareil de la royauté, adressait à Dieu ces touchantes paroles :

Tu sais que cette pompe où je suis condamnée,
Ce bandeau dont il faut que je paraisse ornée,
Dans ces jours solennels à l'orgueil dédiés ,
Seule et dans le secret , je les foule à mes pieds ;
Qu'à ces vains ornements je préfère la cendre,
Et n'ai de goût qu'aux pleurs que tu me vois répandre.

Vous me dites aussi, mon enfant, « qu'il est naturel qu'on cherche à plaire tant que l'on peut. » Quoique cette maxime ait quelque chose de vrai, elle mènerait beaucoup trop loin si on la suivait à la lettre, et elle a besoin de bien des restrictions pour pouvoir être adoptée sans danger.

Le désir de plaire est sans doute naturel à tout le monde, et principalement aux personnes de notre sexe ; on peut même dire que c'est là leur passion dominante ; mais plus cette passion est vive, plus on doit s'appliquer à la réprimer et à la contenir dans de justes bornes, pour l'empêcher d'aller jusqu'au crime.

Une fille dont le sort n'est point encore fixé peut souhaiter, en général, de paraître aimable, dans la vue de se procurer un établissement solide ; mais, pour que ce souhait n'ait rien que de louable et de légitime, elle ne doit se servir, pour parvenir à fixer le choix d'un époux, d'aucun moyen qui ne soit honnête et décent ; et le désir de plaire devient vicieux dès que, pour y réussir, on emploie le secours du vice.

Mais il n'est pas nécessaire d'y avoir recours pour venir à bout de s'établir dans le monde. L'exemple d'Esther, dont vous savez l'histoire, en est une preuve sensible. Lorsqu'elle fut sur le point d'être présentée à Assuérus, qui voulait choisir une épouse parmi les plus belles personnes de son royaume, elle ne demanda point, comme ses rivales, des diamants, des pierreries et d'autres ornements pour ajouter un nouveau lustre à sa beauté : elle se contenta de ce qu'on jugea à propos de lui donner, et s'en para sans affectation. Cependant elle ne laissa pas de gagner le cœur du souverain, que les autres cherchaient à éblouir par l'éclat 'de leur parure, et ce fut sans doute parce qu'elle était la plus modeste qu'elle lui parut la plus digne de son choix.

L'expérience confirme souvent la vérité de ce trait d'histoire. Ce ne sont pas toujours celles qui s'étudient le plus à plaire qui plaisent le plus : les charmes. qu'elles veulent se procurer, ne servent qu'à affaiblir l'éclat de ceux qu'elles peuvent avoir. Celles, au contraire, qui, ne montrant aucune prétention, ne se donnent que pour ce qu'elles sont relèvent, par leur pudeur et par leur modestie, le prix des agréments qu'elles ont reçus de la nature, et, lors même qu'elles ont moins de beauté que bien d'autres, la naïve candeur qui brille sur leur front, et la noble simplicité qui règne 'dans tout leur extérieur, les font paraître plus belles, ou du moins plus agréables.

Ne croyez donc pas, ma fille, que l'on ne puisse plaire que par les artifices dont on a coutume de se servir pour augmenter ses appas, et qu'on soit autorisé, comme vous le prétendez, à faire tout ce

qu'on peut pour attirer et charmer les regards.
Ce *tout ce qu'on peut* ouvrirait la porte à tous
les abus, et ne tendrait à rien moins qu'à justifier
tous les moyens criminels que la passion et la vanité pourraient suggérer. La véritable règle, c'est
qu'il faut toujours s'en tenir à ce que l'on doit. Or
notre premier devoir est de ne jamais franchir les
bornes de la pudeur, de la décence, de la modestie ;
et, fût-il question de l'établissement le plus avantageux, de la fortune la plus considérable, si l'on
ne pouvait se les procurer que par des moyens indi-
gnes d'une âme honnête et chrétienne, il faudrait
absolument y renoncer, et préférer un état obs-
cur à une destinée brillante qui serait le fruit du
crime.

LA MÈRE A SA FILLE.

J'ai été, ma fille, pendant trois semaines dans la
situation la plus accablante qu'on puisse imaginer,
et ce n'est que depuis trois jours que j'ai commencé
à respirer, parce que ce n'est que depuis lors que
votre père est hors de danger. Je regarde sa convalescence comme une espèce de miracle ; car les mé-

decins eux-mêmes avaient perdu toute espérance,
tant la maladie qu'il a essuyée était violente et cruelle.
Dès le cinquième jour, il en sentit tout le péril ; et,
comme vous savez qu'il a toujours vécu chrétiennement, il demanda lui-même les sacrements de l'E-
glise ; il les reçut avec les plus grands sentiments de
religion, et il nous édifia autant par sa piété qu'il
nous animait par sa résignation, par son courage et
par sa fermeté.

La seule chose qui paraissait l'inquiéter, c'était de
ne pas voir son fils et sa fille. Il en parlait à tout
moment et, tournant vers moi ses yeux baignés de
larmes : « O vous ! me disait-il, ô vous qui connaissez toute ma tendresse, si le ciel me ravit à mes
enfants, ah ! dites-leur bien du moins combien je les
ai aimés, et combien je les aime. J'aurais désiré leur
laisser une fortune plus considérable ; mais je meurs
content, pourvu qu'ils soient toujours vertueux,
parce que je vois à présent par moi-même que la vertu
est, après tout, le seul bien qui reste et qui nous
suive au-delà du tombeau. »

Imaginez, ma fille, quelle devait être ma situation en entendant ces paroles. Je sentais mes larmes
se précipiter avec abondance, et il me les fallait retenir ; j'aurais eu besoin de consolation, et j'étais
obligée de cacher ma douleur pour consoler celui
qui en était l'objet. Oh ! ma fille, qu'il en coûte
d'aimer lorsqu'on voit souffrir les personnes qu'on

aime ! Je ne sais comment j'ai pu tenir si long-temps.
Il faut que la Providence proportionne les secours
qu'elle nous accorde aux besoins que nous éprouvons; car je sens que, sans une assistance particulière, je n'aurais jamais pu résister à tant d'accable-
ment et à tant de fatigues; mais à présent j'en suis
bien dédommagée, et, si ma douleur a été extrême ,
ma joie est inexprimable.

Remerciez-en bien le Seigneur et pour vous, et
pour moi. Il a droit à votre reconnaissance autant
qu'à la mienne , puisqu'en me conservant le plus tendre des époux , il vous a conservé le meilleur des
pères. Bien des personnes étaient d'avis que je vous
l'annonçasse plus tôt; mais j'ai jugé à propos de
ménager votre tendresse, et je n'ai voulu vous apprendre la maladie qu'en vous apprenant en même
temps qu'elle avait été suivie de la plus heureuse
convalescence.

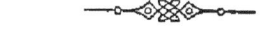

LA FILLE A SA MÈRE.

Que vous avez bien fait, maman, de ne me parler
de la maladie de mon papa qu'en m'annonçant sa
guérison ! Si j'en eusse été informée plus tôt, j'aurais
infailliblement succombé à la douleur qu'elle m'au-

rait causée, puisque, malgré tout ce que vous me dites pour me rassurer, je tremble encore de frayeur.

Quoi ! nous avons été menacés de perdre un si bon père ! Eh ! que serions-nous devenus si ciel nous l'eût ravi ? Ah ! Dieu a sans doute prévu que nous ne pourrions résister à un coup si terrible, et il n'a paru vouloir nous en priver que pour nous le rendre plus cher. C'est là du moins l'effet que votre lettre a produit sur moi. Je n'ai pu lire les paroles touchantes que papa vous adressait en vous parlant de mon frère et de moi, sans éprouver tout ce que la tendresse a de plus vif, et je crois que, si j'eusse été présente lorsqu'il les prononçait, mon cœur se serait brisé de douleur.

Ah ! puisqu'il vous chargeait de nous rendre témoignage de son amour, assurez-le bien, je vous prie, du nôtre. Dites-lui bien qu'il ne soit point en peine sur la fortune qu'il doit nous laisser, et que nous regardons comme le bien le plus précieux la faveur que le ciel nous a faite en nous le conservant. Je l'en ai déjà remercié du fond de mon cœur, et je ne passe aucun jour sans le prier de prolonger des jours qui font toute ma consolation et tout notre bonheur. Vous sentez bien, maman, que cette prière vous regarde aussi bien que mon papa. Dieu veuille qu'elle soit aussi efficace que je le désire, et que vous continuiez à me donner de bonnes nouvelles !

Les courriers n'arriveront jamais assez tôt pour satisfaire l'empressement que j'ai de les recevoir.

LA MÈRE A SA FILLE.

Quoique votre père se trouvât assez bien lorsque je lui ai fait la lecture de votre lettre, il a été si charmé des sentiments de tendresse dont elle est remplie qu'en l'entendant il m'a paru ne plus se ressentir de sa maladie. J'ai vu ses traits s'animer, son front s'épanouir ; rien n'égalait sa satisfaction, si ce n'est la mienne, et, s'il était le plus heureux des pères, j'étais la plus fortunée des mères. Eh! aurions-nous pu ne pas l'être? nous étions assurés d'être aimés de la personne que nous aimions le plus.

Outre cette assurance, j'ai trouvé dans votre lettre une chose qui a mis le comble à ma joie : elle m'a fait présumer que vous avez le cœur bon, et c'est ce que j'ai toujours ambitionné pour vous comme la qualité la plus précieuse. Toutes les autres peuvent bien nous attirer quelques vaines louanges : celle-ci seule peut nous faire estimer et aimer ; et cette vérité est si généralement connue dans le monde que la plus grande injure qu'on puisse faire à une personne, c'est de l'accuser d'avoir un mauvais cœur, comme le plus bel éloge qu'on croie pouvoir lui donner, c'est de dire qu'elle en a un bon.

Il est vrai, ma fille, que cette bonté de cœur est un don du ciel; c'est même, selon moi, le don le plus précieux que nous puissions en recevoir, et, d'après votre lettre, j'ai tout lieu de croire qu'il vous l'a accordé; mais, quand même il vous l'aurait refusé jusqu'à un certain point, il ne tiendrait qu'à vous d'y suppléer, en faisant par vertu ce qui n'est souvent, dans les autres, qu'un effet du penchant et du caractère. Or comment se comporte une personne qui a le cœur naturellement bon? Elle est sensible aux bienfaits qu'elle reçoit; elle s'interdit tout ce qui pourrait causer la moindre peine aux autres, et elle s'empresse de leur rendre tous les services dont elle est capable. Eh bien! ma fille, c'est là ce que vous devez faire vous-même si vous voulez passer pour avoir un bon cœur.

Loin donc de vous tout discours et toute démarche qui pourraient donner sujet de croire que vous manquez de reconnaissance envers les personnes à qui vous êtes redevable de quelque bienfait, et surtout envers les dames respectables qui veulent bien consacrer leurs soins à vous instruire et à vous élever. Si l'ingratitude est toujours un vice odieux, elle devient un monstre digne d'exécration lorsqu'elle a pour objet ceux qui nous ont donné la vie et l'éducation, et je

croirais vous faire tort si je pensais seulement que
vous pouvez en être capable.

Loin de vous encore toute parole et tout procédé qui
pourraient contrister et blesser qui que ce soit. On
ne regarde souvent les railleries et les malices qu'on
fait dans le monde que comme autant de traits d'esprit dont on rit et dont on s'amuse ; mais, si on faisait
réflexion que ces prétendus traits d'esprit prennent
leur source dans un cœur qui cherche sa satisfaction
dans la peine d'autrui, on en serait indigné, et on
regarderait ceux ou celles qui en sont les auteurs
comme autant de serpents venimeux dont on ne
saurait s'éloigner avec trop de soin.

Loin de vous enfin tout rapport et tout discours
qui pourraient donner atteinte à la réputation du prochain. La médisance passe pour un défaut très-ordi-
naire aux personnes de notre sexe ; et il faut convenir que les femmes et les filles même les plus
pieuses n'en sont pas toujours exemptes. Mais
n'est-ce pas s'aveugler que de prétendre allier la dévotion avec la malignité ? La religion ne nous recommande rien plus expressément que la charité ;
et Jésus-Christ nous dit formellement, dans l'Evangile, qu'il ne nous reconnaîtra pour ses disciples
qu'autant que nous nous aimerons les uns les autres.
Or est-ce aimer le prochain que de déchirer sa réputation ? et regarderiez-vous comme votre ami

L'Ecole. 8

celui qui se plairait à affaiblir par ses médisances la bonne opinion qu'on aurait de votre mérite ?

« Celui qui ne sait pas mettre un frein à sa langue, dit l'Ecriture, n'a qu'une religion vaine; » et il ne saurait y avoir de véritable piété là où il n'y a point de vraie charité.

Eh! quand même la religion ne proscrirait pas la médisance, notre intérêt seul ne devrait-il pas nous porter à la bannir de nos discours?

Parmi un grand nombre de personnes que j'avais dernièrement chez moi, il se trouva une de ces femmes médisantes, qui semblent faire consister leur gloire à obscurcir celle d'autrui. Elle débita, pendant plus d'une heure, toutes les anecdotes qui pouvaient fournir à sa malignité. On en rit beaucoup en sa présence, et elle prit sans doute les éclats de rire pour des applaudissements; cependant à peine fut-elle sortie que quelqu'un s'écria : « Cette femme est bien amusante, mais aussi elle est bien méchante ; et, si elle a un esprit d'ange, il faut avouer qu'elle a une langue de vipère. » Quelle louange! ou plutôt quelle censure! Je serais au désespoir qu'on pût vous appliquer de telles paroles, et, si jamais on vient à parler de vous, je souhaite seulement que l'on puisse dire : « Elle a bon cœur, car jamais elle ne parle mal de personne. » Il n'est point d'éloges que le monde accorde plus volontiers, et il n'y a rien selon moi, de plus glorieux que de le mériter.

Aussi je voudrais qu'au lieu de ce ton caustique et de cette ingénieuse méchanceté, par lesquels on cherche quelquefois à se faire valoir dans le monde, les personnes de notre sexe, à qui on accorde ordinairement la douceur en partage, ne s'y fissent jamais remarquer que par des manières affables, que par un air prévenant, que par les aimables épanchements d'une bonté qui se répandît sur tout ce qui les environne. Mais les unes, entêtées d'un sot orgueil, et accoutumées à être prévenues partout et en tout, croiraient, en quelque sorte, se dégrader si elles consentaient à prévenir qui que ce soit ; les autres, arrêtées par la timidité et par la crainte de manquer aux bienséances, n'osent suivre la pente de leur bonté naturelle, et se persuadent que, pour se rendre estimables, elles doivent affecter de ne montrer qu'un air distrait et indifférent, surtout lorsqu'elles sont en la compagnie des hommes.

Il est vrai que nous ne saurions jamais être trop réservées avec eux, et que, lorsqu'on voit une jeune femme, et encore plus une jeune demoiselle, se mêler avec empressement dans leurs entretiens, sourire agréablement à tous leurs propos, et autoriser même leur familiarité par des manières trop familières, on ne peut s'empêcher d'en concevoir une mauvaise idée. Mais on peut être bonne, polie, sans donner dans tous ces excès.

Jusqu'ici je vous ai bien parlé des défauts que la bonté de cœur doit exclure ; mais je ne vous ai presque rien dit des effets qu'elle doit produire. Cependant, ma fille, quand on a bon cœur, on ne se borne pas à épargner la réputation des autres, et à ne rien dire qui puisse leur causer la moindre peine, on s'attache encore à leur être utile, et à leur faire tout le bien dont on est capable. On devient l'appui des faibles, la consolation des affligés, la ressource et l'asile des pauvres ; en un mot, on prend un vif intérêt à tout ce qui peut contribuer au bonheur d'autrui, et on ne se croit jamais plus heureux que lorsqu'on soulage les malheureux.

Voilà, ma fille, ce qui caractérise surtout la bonté du cœur, et ce que j'ai tâché de vous inspirer dès votre plus tendre enfance. Vous savez que je vous ai répété mille fois que nous sommes tous frères en Jésus-Christ, que la religion nous ordonne de nous aimer tous comme des frères, et que nous devons surtout avoir une prédilection particulière pour les infortunés et les indigents ; vous savez que, pour vous rendre sensible à leurs misères, je vous ai souvent conduite, toute jeune que vous étiez, dans la demeure obscure des pauvres, et j'ai vu avec la plus grande satisfaction qu'en leur distribuant vous-même les aumônes que je leur destinais, vous ver-

siez sur eux des larmes de compassion, et vous me
disiez avec un ton de pitié : « O maman ! que ces
pauvres gens sont à plaindre ! » Oublieriez-vous, ma
fille, de si beaux sentiments, et deviendriez-vous
semblable à la plupart des femmes du monde, qui
n'aiment que ce qui peut satisfaire leur mollesse ou
leur vanité ? Ah ! laissez ces âmes dures concentrer
en elles-mêmes toutes leurs affections ; elles sont
assez punies de leur dureté : elles sont privées du
plaisir qu'on trouve à faire du bien et à être aimé.

Pour vous, mon enfant, continuez à suivre les
mouvements de cette bonté naturelle qui vous rendait si sensible aux souffrances des malheureux, et
soyez bien persuadée qu'il n'y a pas de plus grande
satisfaction que celle qu'on se procure en leur faisant
du bien. Les plaisirs du monde traînent presque
toujours à leur suite les remords et la honte, au lieu
que les actes de bienfaisance et de charité ne laissent
après eux qu'une joie pure et délicieuse. L'homme
bienfaisant est comme un Dieu, comme un sauveur
sur la terre. Il en imite les fonctions, il en retrace
la bonté ; il en obtient même souvent le nom ; et,
que peut-on imaginer de plus propre à satisfaire une
âme noble et sensible ? Ah ! l'on cherche souvent la
gloire dans un vain étalage de faste et de luxe ; on
serait bien plus assuré de la trouver dans les doux
épanchements de la bienfaisance et de la générosité.

Le crime souille les largesses
Que prodigue un luxe effréné ;
Mais secourir l'infortuné,
C'est diviniser les richesses.

C'est le noble usage qu'en a fait de nos jours une princesse, dont l'exemple ne saurait jamais être assez admiré et imité ! Elle avait douze cents livres à employer à une sorte d'ajustement, pour une fête dont elle devait faire l'ornement et les honneurs. Dans une circonstance si brillante, son cœur, plus noble par ses sentiments généreux que par sa naissance, eut le courage de ne choisir qu'un ajustement de trois cents livres, et de donner neuf cents livres aux pauvres malheureux.

D'ailleurs peut-on ignorer que Dieu nous a fait un précepte de donner l'aumône, et que, selon les principes de la religion, le superflu des riches doit être employé à soulager les misères des pauvres ? Or comment pouvoir accorder ces principes avec la conduite de ces femmes du monde, qui donnent tout au luxe, et qui n'accordent rien à la charité ? Diront-elles que, réduites au pur nécessaire, elles n'ont aucun superflu à faire passer dans les mains des malheureux ? Mais le pompeux attirail de leur faste et de leur mollesse ne démentirait-il pas leurs paroles , et, si, en jetant les yeux sur la multitude de leurs bijoux, de leurs robes , de leurs colifichets, qu'elles changent et augmentent tous les jours sans nécessité , elles voulaient en juger, je ne dis pas d'après les maximes de la foi, mais d'après les seules lumières de la raison, ne seraient-elles pas forcées de s'écrier comme un ancien philosophe : « Oh ! que de choses dont je n'ai pas besoin ! »

Je ne vous ai jamais rien refusé de ce que vous m'avez demandé pour vos menus plaisirs, mais je me prêterai encore plus volontiers à vos désirs lorsque je saurai que vous comptez parmi vos plus doux plaisirs la satisfaction qu'on éprouve en soulageant ceux qui souffrent. Alors mon cœur se dilatera, ma main s'ouvrira, et je ne croirai jamais pouvoir assez multiplier des dons destinés à assurer votre gloire, en faisant le bonheur d'autrui.

LA MÈRE A SA FILLE.

J'ai à vous faire, ma fille , un récit sans doute peu propre à vous édifier, mais qui pourra vous apprendre la manière dont on doit se comporter lorsqu'on veut éviter le mépris, et s'attirer la bienveillance et l'estime de tout le monde.

Je m'étais rendue cette après-dînée chez madame de Montbilla, qui est nouvellement arrivée de la campagne ; j'y avais trouvé quatre ou cinq personnes de ma connaissance, avec qui je causais de bonne amitié, lorsque la conversation a été interrompue par l'arrivée d'une dame qui venait faire aussi sa visite. Cette dame, que je me garderai bien de vous nommer, est une grande, bien faite, et, quoiqu'elle soit d'une naissance assez médiocre, grâce au mariage que ses immenses richesses lui ont fait faire, elle porte un nom et occupe un rang assez distingués. Mais, si elle est respectable par ses titres, elle est bien haïssable par son air, par son ton et par ses manières. Je n'ai jamais rien vu de si froid, de si fier. Il semblait qu'elle nous faisait grâce en daignant s'abaisser jusqu'à nous regarder et à s'entretenir avec nous. Son coup d'œil était dédaigneux, sa conversation laconique, et elle ne nous eût dit probablement que des oui ou des non si elle ne nous eût parlé de ses gens, de ses terres, de son frère le colonel, de son oncle le président, etc. Une femme comme elle (car c'est là son expresssion favorite) n'est point faite pour descendre à des détails roturiers : elle volait toujours dans les nues, et elle était aussi haute qu'elles.

Pour nous, ma fille, nous étions tout interdites : nous nous regardions avec étonnement, et notre embarras était si grand qu'à peine nous restait-il assez de présence d'esprit pour soutenir la conversation. Heureusement cette contrainte n'a pas duré long-temps. La dame empesée a abrégé sa visite ; on l'a accompagnée en grande cérémonie jusqu'à la porte, et alors on s'est dédommagé de la gêne où elle nous avait tenues. C'était à qui gloserait le plus sur son compte. « Avez-vous vu cet air ? disait l'une ; avez-vous pris garde à ce ton ? Oh ! qu'on est sot lorsqu'on est fier ? — En vérité, disait l'autre, je crois que cette dame a perdu la mémoire, et a entièrement oublié ce qu'elle est et d'où elle vient. — Si elle l'a oublié, disait une troisième, les autres s'en souviennent, et l'on comprend fort bien que sa fierté n'est qu'un voile dont elle cherche à couvrir la bassesse de son extraction. »

On aurait poussé les réflexions encore plus loin ; car, comme vous voyez, l'humeur commençait à s'en mêler, et la raillerie allait dégénérer en satire : par bonheur, la présence de madame la comtesse de Malfort, qui est survenue, à mis fin à tous les commentaires. Le caractère de cette dame est l'antipode de celui de l'autre. C'est la bonté, c'est la politesse, c'est l'affabilité même. Loin de se prévaloir de son rang et de sa naissance, qui la rendent supérieure à tout ce que nous avons ici de plus relevé, elle a paru les oublier pour se mettre, en quelque sorte, à notre portée : elle a fait tomber adroitement la conversation sur tout ce qui pouvait nous intéresser ;

8..

elle nous a dit à toutes les choses les plus gracieuses;
elle a même poussé l'attention jusqu'à me demander
de vos nouvelles ; mais elle a mis à tout cela tant d'ai-
sance, tant d'intérêt et de cordialité, que nous en
avons toutes été extasiées. Aussi, quoique sa visite
ait été longue, il nous a semblé qu'elle n'avait duré
qu'un instant, et, si la chose avait dépendu de nous,
nous serions encore avec elle. Du moins, en nous
quittant, elle a emporté tous les cœurs, et toutes les
voix se sont réunies pour faire son éloge. « O l'aimable femme ! s'écriait-on, et qu'elle est différente
de cette fière mijaurée qui nous regardait du haut
de sa grandeur ! Elle ne cherche point, comme elle,
à en imposer et à dominer ; mais elle y réussit beaucoup mieux, et elle se fait autant respecter et aimer
par son affabilité que l'autre se rend odieuse et méprisable par sa fierté. »

Je ne doute pas, ma fille, que vous ne pensiez
comme nous, et je suis persuadée que, si l'on vous
demandait à laquelle de ces deux femmes vous ai-
meriez mieux ressembler, vous diriez sans hésiter :
A la seconde. Vos souhaits s'accorderaient en cela
avec les miens, et, si jamais ils sont accomplis,
comme je m'en flatte, rien ne manquera plus à mon
bonheur, puisque j'aurai lieu de croire que tout le
monde partagera les sentiments que j'ai pour vous,
et qu'après le plaisir d'aimer ses enfants, il n'est

rien de plus satisfaisant pour une mère que de les voir aimés.

LA MÈRE ROSALIE A MADAME DE***.

Félicitez-vous, madame : je crois avoir vu, en lisant une de vos lettres, que vous désiriez surtout qu'Emilie fût bonne et charitable ; eh bien ! vos vœux sont accomplis : elle a fait un sacrifice et m'a tenu un langage qui ne permettent pas d'en douter.

Une veuve infortunée, qu'un incendie avait réduite à la plus grande misère, vint dernièrement au parloir, accompagnée de ses trois jeunes enfants, pour réclamer notre charité. A son aspect, tous les cœurs furent émus, et il n'y eut personne qui ne lui donnât quelque secours ; mais Emilie fut une de celles qui se distinguèrent le plus par leur générosité. Comme j'ai coutume de garder son petit trésor, elle me prit à part, me fit monter dans ma chambre, et me pria de lui donner l'argent que vous lui aviez envoyé pour fournir à ses petites fantaisies. Je condescendis très-volontiers à ses louables désirs ; mais, quand je vis qu'elle prenait et emportait tout ce qu'elle avait : « Que vous restera-t-il donc, lui dis-je, pour vos menus plaisirs ? — Eh ! ma tante, me répondit-elle avec émotion, est-il un plaisir comparable à celui que j'aurai à soulager les membres souffrants de Jésus-Christ ? »

Vous devez juger, madame, combien je fus enchantée de cette réponse : elle me charma d'autant plus qu'elle me fit comprendre que ce n'était point par un sentiment naturel, mais par un véritable esprit de christianisme, qu'elle se déterminait à secourir les malheureux, et c'est là justement le point où je voulais l'amener ; car j'ai toujours été persuadée qu'il n'y a que les motifs que nous fournit la religion qui puissent nous rendre constamment bienfaisants, et je vois avec douleur que, dans la plupart des livres qu'on a fait dans ces derniers temps pour l'instruction des jeunes gens, ces motifs sont presque les seuls qu'on néglige de leur proposer. On leur répète sans cesse le mot d'humanité, qui n'est qu'une vertu morale, et on n'oserait leur parler de la charité, qui est une vertu chrétienne et surnaturelle. On leur représente les pauvres comme nos semblables, et on ne les leur fait jamais envisager comme nos frères en Jésus-Christ. On leur dit que rien n'est plus doux et plus glorieux aux yeux des hommes que de faire du bien, et on craindrait de leur ajouter que rien n'est plus nécessaire et plus méritoire aux yeux du Seigneur. On les porte à donner l'aumône par un sentiment de compassion, et en rougirait presque de les exhorter à la faire par un véritable esprit de piété.

Mais quel est le fruit de ces instructions, où la religion n'entre pour rien ? Voyons-nous que, depuis qu'on a substitué les maximes de la philosophie aux principes du christianisme, il se fasse dans le monde plus de bonnes œuvres, et qu'on y soit aussi bienfaisant qu'on veut le paraître ? S'il faut s'en rapporter aux discours des gens du monde eux-mêmes, la bienfaisance n'est presque plus que sur les lèvres de ceux qui s'en piquent : l'égoïsme a desséché et endurci tous les cœurs ; le luxe absorbe tous les dons qui doivent être consacrés au soulagement de l'indigence, et si l'on veut trouver encore quelques âmes vraiment charitables, on ne doit les chercher que parmi les personnes qui sont véritablement chrétiennes.

Si dans un malheureux on ne voit qu'un homme, en donnant, par un sentiment d'humanité, quelques larmes à son triste sort, on ne sacrifiera point constamment ses plaisirs et sa vanité pour lui accorder les secours qu'il réclame dans son infortune, et on dira froidement que la charité doit commencer par soi-même ; mais si, éclairé par les lumières de la foi, on découvre dans ce malheureux l'image de la divinité ; si on est bien persuadé, comme nous l'apprend l'Évangile, que Dieu regarde comme fait pour lui-même tout ce qu'on fait pour la moindre de ses créatures, et qu'il ne laissera pas même sans récompense un verre d'eau donné pour son amour; si on a présentes à l'esprit ces terribles paroles que Jésus-Christ doit adresser aux réprouvés : « Retirez-vous loin de moi, maudits : car j'ai eu faim, et vous ne m'avez pas donné à manger ; j'ai eu soif, et vous ne m'avez pas donné à boire, » on sentira alors qu'on n'est pas moins interessé qu'obligé à faire l'aumône, et, convaincu que les largesses qu'on verse dans le sein de l'indigence sont autant de trésors qu'on amasse pour le ciel, on ne croira jamais pouvoir les porter trop loin.

J'aurais cru, madame, vous priver de la plus douce consolation si je vous avais laissé ignorer l'édifiant acte de charité de votre fille; tout ce qui me reste à souhaiter, c'est de pouvoir vous en mander souvent de pareilles. Je suis, etc.

LA MÈRE A SA FILLE.

J'ai bien besoin, ma fille, de me dédommager, en m'entretenant quelques moments avec vous, du chagrin que j'ai essuyé tous ces jours derniers en voyant le triste état où est réduite votre cousine Caroline, dont vous apprendrez sans doute le triste mariage, contracté malgré les avis de ses parents. « Ah! ma tante, me disait-elle hier, que n'ai-je suivi vos sages conseils et ceux de mon oncle ! Je sens à présent que vous ne vouliez que mon bien : hélas ! je le sens trop tard. » Vous jugez bien que je n'ai rien oublié pour lui faire entendre que le mal n'est pas sans remède ; mais elle connaît trop bien les défauts de son époux pour pouvoir se le persuader.

Au reste, elle n'est pas la seule qui ait à se plaindre de son sort. Je vis dernièrement une jeune femme qui n'est guère plus heureuse qu'elle. C'est une de nos anciennes voisines, que vous connaissiez sous le nom de mademoiselle Joséphine, et dont j'ai oublié, je ne sais comment, de vous apprendre le mariage. Il est de notoriété publique qu'elle vit mal avec sa belle-mère, qu'elle a souvent des altercations avec son mari, et ce qu'il y a de fâcheux, c'est que tout le monde prétend qu'elle en est l'unique cause, et qu'elle a tout le tort. Son mari a un bon fonds, mais il est vif ; sa belle-mère est une femme fort prudente et fort vertueuse, mais, comme la plupart des vieilles gens, elle a la manie de vouloir tout faire, et de trouver souvent mal ce que font les autres. Si, connaissant ainsi son monde (car on l'avait prévenue), la nouvelle mariée eût ménagé la vivacité de son époux, et laissé agir l'activité de sa belle-mère, qui lui aurait épargné beaucoup de fausses démarches, elle eût été la jeune femme la plus heureuse du monde ; mais madame n'a pas été de cet avis. Trop sensible et trop délicate pour dissimuler et pour souffrir patiemment les petits reproches et les sages remontrances qu'on lui faisait de temps en temps, elle a commencé par bouder, puis elle a murmuré ; ensuite elle a éclaté, jusqu'à brusquer et injurier tout son monde : je vous laisse penser si, après cela, elle doit mener une vie fort agréable.

Je ne vous garantis pas tous ces faits : je ne les ai point vus par moi-même, et, en vous les rapportant, je ne suis que l'écho du public ; cependant, s'il faut en juger par la manière dont cette jeune dame se conduit dans le monde, il est bien à craindre que le public ne dise vrai. J'ai eu occasion de la voir dans différentes sociétés : presque toujours elle y a laissé échapper quelques saillies de cette sensibilité qu'on lui réproche. Une légère raillerie, un badinage innocent, une bête qu'on lui faisait faire au jeu dans un coup critique, mille autres bagatelles auxquelles les gens sensés ne prennent pas garde, ou dont ils sont les premiers à rire, suffisaient pour irriter son amour-propre et pour blesser sa délicatesse. On la voyait aussitôt changer de couleur, et, si elle ne répondait pas toujours par des paroles piquantes, elle montrait du moins, par son ton, qu'elle était piquée. Or, quand une personne est si peu traitable dans le monde, où les bienséances la retiennent, elle l'est bien moins encore dans le sein de sa famille, où rien ne l'arrête ; et, à vous dire vrai, ce que j'ai vu de mes propres yeux me porte fort à croire ce qu'on m'a rapporté sur le compte de la nouvelle mariée.

Je voudrais pourtant bien me tromper, et je souhaite de tout mon cœur qu'elle ait moins de torts que le public ne lui donne ; mais ce que je désire encore plus ardemment, c'est que son exemple vous serve de leçon, et vous apprenne de bonne heure à être moins sensible et moins délicate : car, ma fille, puisque l'occasion s'en présente, il faut enfin que je vous ouvre mon cœur, et que je vous fasse part d'une inquiétude qui le ronge, surtout depuis que j'ai appris ce que je viens de vous raconter. Je crains, mon enfant, que, si vous venez jamais à vous établir dans le monde, vous n'y éprouviez un sort aussi malheureux que celui de notre ancienne voisine ; et voici ce qui donne lieu à ma crainte.

Je me suis aperçue, dès votre plus tendre enfance, qu'à la plus légère réprimande que je vous faisais, vous aviez le cœur ulcéré : vous n'imitiez pas, il est vrai, certaines filles revêches, qui, dès l'instant qu'on veut les reprendre, élèvent la voix, et prennent un ton qui ferait presque croire qu'elles grondent leurs mères de ce qu'elles s'avisent de les gronder : vous auriez craint, avec raison, qu'on ne vous accusât de manquer entièrement de sentiment et

d'éducation. Mais si le respect que vous aviez pour
moi vous empêchait de me témoigner ouvertement
votre rancune, vous me la faisiez assez sentir par le
morne silence que vous gardiez, et par l'air sombre
que vous affectiez de prendre. Je ménageais alors
votre délicatesse, et je me contentais d'en gémir en
secret. Mais qui sait si les autres auraient pour
vous les mêmes égards ?

Nous avons tous quelques défauts, et la plus parfaite d'entre nous est celle qui en a le moins. Dans
les unes, c'est une fierté dédaigneuse, qui leur fait
tout mépriser, excepté elles-mêmes ; dans les autres,
c'est une sensibilité qui s'offense de la plus légère
contradiction et du moindre reproche : dans celles-
ci, c'est une indocilité opiniâtre, qui les rend également incapables de céder à la volonté d'autrui, et
de se départir de la leur ; dans celles-là, c'est une
humeur aigre et acariâtre, qui ne se manifeste que
par des plaintes et des murmures.

Je ne sais, ma fille, quel est celui de tous ces défauts qui domine en vous : quel qu'il puisse être,
vous ne sauriez trop vous en corriger. Si vous
aviez au visage quelque tache qui vous défigurât,
vous n'oublieriez certainement rien pour la faire
disparaître, s'il était possible. A combien plus forte
raison ne devez-vous pas employer tous vos soins à
extirper tout ce qu'il peut y avoir de défectueux dans
votre caractère !

Vous voyez ce qu'on a à craindre lorsqu'on se laisse dominer par une sotte fierté, ou par une sensibilité excessive. Les effets que produisent l'entêtement et l'indocilité ne sont pas moins funestes. C'est de là que viennent les désagréments qu'essuient la plupart des femmes. Comme la nature nous a faites pour obéir, et que la religion même nous y oblige, nous ne pouvons trouver notre bonheur et notre tranquillité que dans l'obéissance. Une femme qui a le caractère flexible vient à bout de tout, et vit toujours en paix avec ceux qui sont autour d'elle ; celle, au contraire, qui ne veut jamais céder éprouve, de la part des autres, la même contradiction qu'elle leur oppose, et passe sa vie dans le trouble et dans la discorde. On ne peut la contredire sans qu'elle réplique avec un ton aigre et acariâtre ; elle n'a jamais à la bouche que des reproches ou des murmures; elle ne sait parler qu'en grondant. Mais que résulte-t-il d'une pareille conduite ? La désunion, les disputes, la haine, et souvent même quelque chose de pire.

Pour nous, mon enfant, laissons-les gronder, et, pour me servir ici des expressions de saint François de Sales, souvenons-nous « qu'on prend plus de mouches avec une cuillerée de miel qu'avec un baril de vinaigre. » Cette maxime est faite pour tout le monde ; mais elle regarde plus particulièrement les femmes, qui, n'ayant point l'autorité en partage, ne peuvent régner que par la douceur.

Vous ne pouvez pas savoir ce que la Providence vous réserve ; mais, dans quelque situation, dans quelque état que vous puissiez vous trouver, vous n'y serez estimée, aimée et heureuse qu'autant que vous y porterez un caractère doux, affable, endurant et flexible.

LA MÈRE A SA FILLE.

A peine avais-je fait partir ma dernière lettre que je vis entrer chez moi mademoiselle Adèle, qui vient de vous quitter, et qui m'a dit avoir été votre amie pendant tout le temps qu'elle a passé au couvent. Vous pensez bien qu'à ce titre elle fut bien reçue. Je l'ai déjà vue trois ou quatre fois, et j'ai toujours un nouveau plaisir à la voir, parce que toutes les visites que je lui fais ou que j'en reçois me fournissent l'occasion de parler de vous. Elle vous est fort attachée, et elle mérite que vous la payiez de retour ; car, outre l'amitié qu'elle a pour vous, il m'a paru qu'elle avait un grand fonds de piété et beaucoup de douceur dans le caractère.

Mais, soit dit entre nous, je lui voudrais un peu plus de politesse, soit dans le maintien, soit dans les manières, soit dans la conversation. Je ne l'ai jamais vue en compagnie qu'il ne lui soit échappé des fautes qui m'ont fait souffrir, et je crois que, si elle eût été ma fille, je me serais cachée de honte. Tantôt elle restait assise quand il aurait fallu qu'elle se levât pour saluer les personnes qui entraient, tantôt elle laissait aller sans cérémonie celles qu'elle aurait dû accompagner lorsqu'elles sortaient. Quelquefois elle occupait une place qu'elle aurait dû céder, ou se tenait dans une posture trop nonchalante et trop familière ; d'autres fois elle parlait lorsqu'il aurait fallu se taire, ou se taisait lorsqu'il aurait fallu qu'elle parlât. En un mot, sa conduite est si opposée aux principes de politesse qu'on a coutume d'inspirer dans le couvent d'où elle sort que, si je ne savais pas qu'elle y a passé deux ans, je ne pourrais jamais me le persuader. Il est bien fâcheux qu'elle n'ait pas mieux profité des soins qu'on a pris pour la former. Quoiqu'elle n'en soit pas moins estimable pour le fonds, elle le paraîtra moins, et ses bonnes qualités ne seront dans les idées du monde que ce qu'est un diamant brut aux yeux de ceux qui n'en jugent que par les dehors. Je vous dis ici librement ma pensée ; mais je compte sur votre discrétion. Vous sentez combien il serait désagréable pour moi d'être compromise, et de passer pour avoir jeté le

moindre ridicule sur la conduite de votre amie. Je
suis certainement bien éloignée d'une pareille méchanceté : si je vous ai fait confidence des fautes qui
lui sont échappées, c'est que j'ai cru que son exemple
vous servirait de leçon, et vous rendrait plus attentive à éviter tout ce qui peut être contraire aux règles
de la bienséance et de la politesse.

LA MÈRE A SA FILLE.

Votre père, étant appelé à Paris pour une affaire
importante, a désiré que je l'y accompagne, et c'est
de cette ville que je vous écris.

Quand ce voyage ne devrait me procurer d'autre
satisfaction que celle que j'ai éprouvée aujourd'hui,
je me féliciterais toute ma vie de l'avoir fait. Je viens
de voir ce qu'il y a de plus grand dans le royaume
renoncer à ce que le monde a de plus flatteur pour
embrasser ce que la religion a de plus austère. C'est
encore là une énigme pour vous : en voici le mot.

Une princesse qui, par son mérite, faisait un des
principaux ornements de la cour de France, madame
Louise, fille de notre auguste monarque, vient de
sacrifier l'éclat de son rang et de sa naissance
pour prendre, à Saint-Denis, l'habit de carmélite.

J'ai été témoin de cette auguste cérémonie, et j'ai eu occasion d'y voir tout ce que la cour et la ville ont de plus distingué ; mais ce que j'ai le plus admiré, c'est le courage héroïque de l'illustre princesse qui en était l'objet. En fixant mes regards sur elle, et en voyant la douce sérénité qui brillait sur son front, je comparais ce qu'elle était au pied du trône avec l'état où elle paraissait au pied des autels, les délices de la cour avec les austérités du cloître, l'éclat qui l'environnait à Versailles avec l'obscurité où elle allait s'ensevelir à Saint-Denis, et je disais alors en moi-même : Voilà donc ce que peuvent la religion et l'amour divin dans un cœur qu'ils animent! Les plus grands sacrifices ne lui coûtent rien, les souffrances mêmes se changent pour lui en douceur. Ces pensées m'ont occupée pendant tout le temps de la cérémonie, qui a arraché des larmes à toute l'assemblée, et plus je contemplais l'auguste victime qui s'immolait avec tant de générosité, plus j'étais ravie d'admiration.

Je l'ai été bien plus encore lorsque j'ai appris ce qu'elle avait fait pour se disposer à ce grand sacrifice. Il y a long-temps qu'elle en avait conçu le projet, et elle l'aurait sans doute exécuté plus tôt si elle n'eût eu à consulter que ses désirs et sa volonté ; mais il fallait avoir le consentement du roi. Comme elle craignait que ce tendre père ne trouvât dans la délicatesse apparente de sa santé un prétexte légitime

pour le lui refuser, elle voulut prévenir cette difficulté en essayant ses forces, et en faisant, pour
ainsi dire, l'apprentissage du nouveau genre de vie
qu'elle se proposait de mener dans la suite. En conséquence, elle prit le parti de coucher sur la dure,
de prolonger ses veilles, de multiplier ses prières, de
pratiquer, en un mot, toutes les austérités de la règle
de sainte Thérèse; en sorte qu'on peut dire qu'elle
a été carmélite long-temps avant que de le paraître,
et que, sans en porter l'habit, elle en avait tout le
mérite. Quel exemple, ma fille, et qu'il doit nous
faire rougir de notre lâcheté !

Au reste, quoique je vous aie défendu de communiquer mes lettres à qui que ce soit, vous pouvez
montrer celle-ci à votre tante et à toutes les religieuses
du couvent où vous êtes. Elles aiment trop leur état,
et la religion pour que je veuille les priver du plaisir d'apprendre une nouvelle qui fait également la
gloire de l'une et de l'autre.

LA FILLE A SA MÈRE.

Je ne saurais vous exprimer, maman, la vive
sensation qu'a faite ici la nouvelle édifiante que vous
m'avez donnée. Les religieuses n'en savaient encore

rien ; elles ne l'ont apprise que par votre lettre , qui est devenue l'objet de la curiosité de tout le couvent. On se la demande sans cesse , on se l'arrache , on ne peut se lasser de la lire, et, quoiqu'il y ait deux jours qu'elle passe de main en main, je n'ai pas pu encore la rattraper, parce que toutes ces dames veulent en prendre copie.

Quant à moi, maman, elle a fait sur mon cœur une telle impression que, depuis que je l'ai lue, je me trouve toute inquiète et tout rêveuse. Le courage de Madame Louise m'a fait rougir, comme vous dites, de ma lâcheté : quand je me compare à elle, il me semble que je n'ai rien fait pour Dieu ; mais du moins je sens que son exemple m'anime, et, comme je n'ai rien de caché pour vous, je vous dirai que, depuis quelques jours, il m'a pris la plus grande envie de me faire religieuse. Je ne me déciderai cependant à rien sans avoir votre approbation. Ayez donc la complaisance, ma bonne maman, de me dire ce que vous pensez de mon projet. J'attends votre réponse avec impatience, et je ne vous écrirai plus que je ne l'aie reçue, parce que je suis si occupée de cette idée que je ne saurais vous parler d'autre chose.

LA MÈRE A SA FILLE.

Les embarras nécessairement attachés à la poursuite d'un procès qui exige bien des courses et des visites m'ont empêché de répondre à votre lettre aussi exactement que je l'aurais voulu ; à présent que j'ai quelques moments libres, je me fais un plaisir de les employer à m'entretenir avec vous.

Ce que vous me dites à l'occasion du grand sacrifice qu'a fait Madame Louise m'a extrêmement édifiée ; je vous avouerai même que vos sentiments ont été au-delà de mon espérance. J'étais bien persuadée que l'exemple de cette auguste princesse ferait une vive impression sur votre âme, mais je ne croyais pas qu'il vous touchât jusqu'au point de vous inspirer le désir de vous faire religieuse.

Ne vous imaginez pourtant pas que je compte beaucoup sur la vivacité avec laquelle vous m'en parlez. Je sais ce qu'il faut penser de ces vocations subites, et vous l'éprouverez un jour vous-même. Si vous interrogiez toutes les femmes du monde, il n'en est presque aucune qui ne vous répondît que, pendant sa jeunesse, elle a eu quelque envie d'embrasser l'état religieux, mais que cette envie fit bientôt place à d'autres projets. Il en sera ainsi de vous, ma fille ; l'idée que vous avez maintenant dans l'es-

prit s'effacera peu à peu, à mesure que vous perdrez de vue le grand exemple qui l'y a fait naître.

Quoi qu'il en soit, le choix d'un état de vie n'est
pas une chose qui doive aller si vite, et, grâce à
Dieu, vous avez encore assez de temps pour y penser
et pour vous décider. En attendant, ne songez qu'à
être fidèle aux devoirs de l'état où vous êtes à présent, et par-là disposez-vous à remplir les obligations
de celui où Dieu pourra vous appeler dans la suite.
C'est tout ce que j'ai à vous dire pour le présent, et,
comme je pense que le projet dont vous m'avez fait
part n'est qu'un effet de l'imagination, je craindrais
de la mettre encore plus en jeu en vous en disant
davantage. Je me contente de souhaiter que la volonté
du Seigneur s'accomplisse en vous : vous serez toujours bien si vous êtes où il vous demande, et, dès
que vous serez heureuse, je ne pourrai manquer de
l'être moi-même.

LA MÈRE A SA FILLE.

Je sortis enfin, il y a quelques jours, de l'espèce
de solitude où je vivais au milieu de Paris, pour
assister à un dîner où nous fûmes priés par un

ancien ami de votre père, qui se trouve dans cette capitale. La compagnie était brillante et nombreuse : plusieurs officiers, quelques hommes de lettres, beaucoup de dames. Mais quelle différence entre cette société et celle à laquelle j'étais accoutumée ! On méprise ici le ton qui règne dans nos provinces ; n'aurions-nous pas droit d'user de représailles ? Nous mettons, il est vrai, dans nos entretiens, moins de raffinement et de politesse, mais nous y parlons avec beaucoup plus de franchise et de naturel. Nous ne cherchons point l'esprit, mais la raison ; nous ne nous piquons pas de philosophie, mais de bon sens ; et, selon moi, l'un vaut mieux que l'autre. Quoi qu'il en soit, toutes les prétendues belles choses que j'entendais m'ennuyèrent beaucoup, et je n'ai jamais plus regretté qu'en cette occasion les conversations familières et affectueuses que j'avais avec mes bonnes amies madame de Barilliers et madame de Montbila, toutes provinciales qu'elles sont.

J'aurais cependant tenu bon si on se fût toujours borné à des propos vagues et indifférents ; mais la liberté de penser dégénéra bientôt en licence, et elle fut poussée jusqu'à attaquer ce qu'il y a de plus respectable et de plus sacré. Oui, ma fille, j'eus la douleur d'entendre parler de la religion sur un ton qui me fit comprendre qu'on n'avait pour elle que du mépris, et ce qui me surprit le plus, c'est que ce n'étaient pas seulement des militaires, mais de jeunes

femmes qui osaient tenir ces discours hardis, sans
que les autres réclamassent. Il n'y eut qu'une présidente, d'un âge à peu près égal au mien, qui se
joignit à moi pour les désapprouver, et nous vînmes
heureusement à bout de les faire cesser pendant tout
le reste du dîner. Après le café, comme tout le monde
se mit à jouer, et que je restai seule avec la présidente, qui m'avait déjà donné quelques marques
d'estime et même d'amitié, je crus que je pouvais,
sans inconvénient, lui faire part de l'indignation et
de l'étonnement que m'avait causés ce que je venais
d'entendre. « Quelle peut être, lui dis-je, la cause de
la fureur insensée avec laquelle on ose ainsi attaquer
la religion ? C'est-là pour moi un mystère incompréhensible ! — Il serait trop long de vous l'expliquer, me
dit alors la vertueuse présidente à qui je parlais, et
ce n'est point ici le lieu d'entrer dans les détails
qu'exigerait la question que vous me proposez ; mais
j'aurai l'honneur de vous revoir au retour de la
campagne, où je dois me rendre demain pour une
quinzaine de jours, et alors je me ferai un plaisir
de contenter votre louable curiosité. — La satisfaction que vous me promettez, lui répliquai-je, sera
certainement bien douce pour moi ; mais elle est
encore bien éloignée, et, si je ne craignais d'être
indiscrète, je vous prierais de l'accélérer, en em-
ployant quelques-uns de vos moments de loisir à me
marquer par écrit ce que vous ne pouvez pas me

communiquer maintenant de vive voix. » Ma prière ne
ne fut pas inutile. Madame la présidente me promit
d'y avoir égard , et, quatre jours après son départ,
elle m'écrivit la lettre suivante , que je vous envoie
avec le plus grand plaisir , parce que ce qu'elle contient vaut mieux que tout ce que je pourrais vous
dire.

MADAME LA PRÉSIDENTE DE ***

A MADAME ***.

« Je profite bien volontiers, madame, de mes pre-
» miers moments de loisir pour répondre à la ques-
» tion que vous me fîtes l'honneur de me proposer.
» Vous vouliez savoir ce qui attire des ennemis à la
» religion, et vous ne conceviez pas, disiez-vous,
» comment, étant aussi sainte et aussi salutaire
» qu'elle l'est, on peut ne pas la respecter et ne pas
» l'aimer. La chose paraît, en effet, inconcevable au
» premier coup d'œil ; mais, quand on connaît le
» caractère et la conduite de ceux qui se déclarent
» contre cette religion divine, on voit que c'est jus-
» tement la sainteté de sa morale qui la leur fait
» haïr. Jésus-Christ est un maître trop sévère pour

» des hommes qui n'aiment que les plaisirs, et qui
» ne veulent suivre d'autre règle que leurs passions.
» Les apôtres de l'incrédulité sont bien plus complai-
» sants : ils autorisent toutes les faiblesses du cœur;
» ils favorisent tous les penchants de la nature :
» pourraient-ils ne pas avoir beaucoup de partisans ?
» Aussi ils en ont un très-grand nombre, surtout
» parmi les jeunes gens, qui se laissent séduire plus
» aisément que les autres. Mais savez-vous quelle
» en est, selon moi, la principale cause? C'est l'édu-
» cation qu'on leur donne, et le peu de soin qu'on
» a de leur faire connaître à fond les différentes
» preuves qui sont comme la base du christianisme,
» et qui en démontrent la vérité. On ne néglige pas
» toujours, il est vrai, de mettre un Catéchisme
» entre les mains des jeunes personnes; on leur dit
» même, en général, qu'il faut croire tout ce que
» l'Eglise nous enseigne ; mais, comme on leur laisse
» ignorer les raisons solides sur lesquelles doit être
» appuyée notre croyance, elles n'ont, pour l'ordi-
» naire, qu'une foi faible, qui est plutôt l'effet de la
» routine que celui de la conviction.

» Cependant le temps vient où elles entrent dans
» le monde ; et qu'entendent-elles dans ce monde,
» où il y a aussi peu de religion que de bonnes
» mœurs, et où les mœurs ne sont si dépravées que
» parce que la religion en est presque entièrement
» exilée? Une triste expérience vient de vous l'ap-

» prendre : tantôt ce sont des railleries sur nos mys-
» tères, et tantôt ce sont des sarcasmes contre nos
» prêtres et nos pontifes ; quelquefois ce sont des
» déclamations outrées contre les maux prétendus
» que le christianisme a causés dans le monde ; d'au-
» tres fois c'est un éloge emphatique des précieux
» avantages qu'on attribue à la philosophie ou plu-
» tôt à l'incrédulité : car, dans la bouche de bien des
» gens, ces deux termes signifient la même chose.

» Presque toujours ce sont des systèmes, des con-
» jectures, des raisonnements, ou, pour mieux dire,
» des sophismes qui ne tendent qu'à faire regarder
» la religion comme le fruit du préjugé ou de la po-
» litique. Vous jugez bien que la foi d'une jeune
» personne, qui ne connaît le christianisme que par
» les idées superficielles qu'on lui en a données
» pendant son enfance, doit être bien ébranlée en en-
» tendant un langage si nouveau pour elle.

» Ce n'est point là cependant le seul obstacle qu'elle
» ait à surmonter. Au danger des discours se joint
» celui des mauvais livres ; car, vous le savez,
» madame, soit vanité, soit curiosité, soit désir de
» s'instruire ou de s'amuser, tout le monde se pi-
» que à présent de donner une partie de son temps à
» la lecture, et, comme on veut se conformer au
» goût du siècle, on s'attache surtout à lire les ou-
» vrages qui, dans ces derniers temps, ont eu le
» plus de vogue et fait le plus de bruit. Les écrits

» d'auteurs impies et immoraux, qui semblent n'a-
» voir cherché qu'à corrompre les mœurs et à dé-
» truire la religion, sont entre les mains de presque
» toutes les jeunes femmes. Je veux bien croire
» qu'en les lisant elles n'ont d'abord d'autre inten-
» tion que celle d'occuper agréablement leur esprit;
» mais le poison subtil est caché dans ces écrits avec
» tant d'art et d'habileté qu'elles l'avalent sans s'en
» apercevoir, et, comme elles n'ont en elles aucun
» antidote qui puisse en arrêter les effets, quelle
» funeste révolution ne doit-il pas opérer dans leur
» esprit et dans leurs idées! Elles avaient cru jus-
» qu'alors, sur la parole de ceux qui les avaient
» instruites des premiers principes du christianisme,
» qu'il n'y a rien de plus vrai que ses mystères,
» rien de plus sage que ses lois, rien de plus ter-
» rible que ses menaces, rien de plus consolant que
» ses promesses, et elles voient que des écrivains,
» malheureusement trop fameux, leur représentent
» ces mystères comme des fables, ces lois comme
» une tyrannie, ces menaces comme un épouvan-
» tail, ces promesses comme une chimère. N'est-il
» pas naturel que, n'ayant pas assez de connaissance
» pour découvrir la fausseté de ces calomnies, elles
» soient tentées de révoquer en doute la vérité d'une
» religion qu'on leur peint sous des traits si diffé-
» rents, surtout si, pour favoriser quelque pen-
» chant chéri, elles sont intéressées à en douter?

9..

» L'esprit devient facilement la dupe du cœur,
» et l'on croit aisément ce qui flatte et ce que l'on
» désire. Or lorsqu'une jeune personne dont la foi
» n'est pas bien affermie, et dont l'âme est vivement
» éprise, vient à lire dans les ouvrages des apôtres de
» l'incrédulité que les passions ne sont que des in-
» clinations innocentes qu'on peut satisfaire sans
» crime; que Dieu n'est point aussi sévère qu'on le
» prétend; qu'il ne saurait punir des désirs qu'il
» semble avoir lui-même inspirés en nous donnant
» une âme sensible; lorsque, dis-je, une jeune per-
» sonne, aussi passionnée que mal instruite, vient à
» rencontrer dans ses lectures ces maximes détesta-
» bles dont sont infectés presque tous les livres de
» nos philosophes modernes, n'est-il pas à craindre
» que, séduite et charmée par la conformité qu'elle
» verra entre ces maximes et ses désirs, elle ne soit
» d'autant plus portée à les adopter qu'elle y trouve
» l'apologie de ses penchants déréglés?

» Ah! plût à Dieu que ce ne fût ici qu'une crainte
» vaine et chimérique! mais l'expérience nous prouve
» tous les jours qu'elle n'est malheureusement que
» trop juste et trop bien fondée. D'où vient, en effet,
» que l'incrédulité a fait dans ce siècle des progrès
» si rapides, surtout parmi les jeunes gens? Est-ce
» qu'à force de raisonnements et de réflexions, ils
» sont venus à bout de découvrir quelque chose de
» faux dans la religion? Leur ignorance prouve qu'ils

» ne l'ont jamais étudiée, et la légèreté de leur es-
» prit montre souvent qu'ils en sont incapables. Ils
» ont seulement parcouru quelques-uns de ces fu-
» nestes ouvrages que l'impiété fait circuler dans
» nos villes, et, parce qu'ils n'étaient pas assez
» éclairés pour distinguer le mensonge de la vérité,
» ils ont confondu l'un avec l'autre, et ils se sont
» d'autant plus empressés d'adopter les erreurs per-
» nicieuses qu'on leur proposait qu'en étonnant
» leur esprit par les charmes de la nouveauté, elles
» flattaient leur cœur par les attraits du libertinage,
» qui est toujours le terme où conduit l'incrédulité.

» Aussi, madame, si j'étais assez heureuse pour
» avoir des enfants, dès que leur raison serait assez
» développée pour pouvoir sentir la force de la vé-
» rité, je me ferais un devoir de leur exposer en dé-
» tail cette longue suite de preuves incontestables
» qui démontrent la divinité de la religion sainte que
» nous professons. Ces preuves, bien imprimées
» dans leur esprit, seraient pour eux comme autant
» de boucliers qui les mettraient à l'abri des traits
» de l'incrédulité, et, dès qu'une fois ils seraient
» bien convaincus que le christianisme est l'œuvre
» de Dieu, ils n'auraient plus que de l'horreur et
» du mépris pour ceux qui oseraient en parler de
» manière à faire entendre qu'il n'est que l'ouvrage
» des hommes.

» Cependant, comme il n'est rien de si clair et de

» si évident que le sophisme ne puisse venir à bout
» d'obscurcir, surtout aux yeux de la jeunesse, je ne
» serais pas moins attentive à les préserver des at-
» teintes de l'erreur qu'à les confirmer dans l'amour
» de la vérité; je leur ferais envisager les livres
» contraires à la religion comme le piége le plus fu-
» neste qu'ils eussent à craindre. Je joindrais la
» vigilance aux instructions, je visiterais chaque
» jour leurs tablettes, et, si jamais je venais à y
» trouver quelques-uns de ces livres abominables,
» je les brûlerais en leur présence, pour leur bien
» faire sentir que de pareils ouvrages ne sont dignes
» que d'être consumés par les flammes. Si tous les
» parents étaient exacts à suivre cette méthode, il y
» aurait certainement moins de désordres parmi les
» jeunes gens ; et, comme la vertu est la compagne
» ordinaire de la religion, en garantissant leur es-
» prit du poison de l'incrédulité, on préserverait
» leur cœur des atteintes du vice.

» Voilà, madame, les idées et les réflexions que
» j'ai cru devoir vous communiquer, pour répon-
» dre à la confiance que vous avez daigné me témoi-
» gner. Je ne sais si ma lettre aura de quoi vous
» contenter ; je puis du moins vous assurer que je
» me suis satisfaite moi-même en vous l'écrivant,
» parce que j'étais persuadée qu'elle vous convain-
» crait toujours mieux des sentiments d'estime et
» d'attachement que vous m'avez inspirés.

» Je suis, etc. »

LA FILLE A SA MÈRE.

Je frissonne encore, maman, en pensant à ce que j'ai lu dans votre dernière lettre : aussi, pour ne pas m'exposer à l'oublier au milieu de la dissipation et des dangers du monde, je suis toujours dans le dessein de me consacrer à Dieu dans la solitude. Je vous en ai déjà fait part dans la dernière entrevue que nous eûmes il y a quelques semaines ; mais vous ne m'avez pas dit ce que vous en pensez. Blâmeriez-vous mon projet ? voudriez-vous éprouver ma patience ? De grâce, ma bonne maman, ne faites pas tant durer cette épreuve ; apprenez-moi par le premier courrier le parti que je dois prendre, dans l'état d'incertitude où je me trouve.

Il ne m'appartient pas de blâmer la conduite de papa : je suis sa fille ; je sais qu'il m'aime ; je n'aurai jamais pour lui que le respect le plus profond et l'amour le plus tendre. Je ne puis cependant m'empêcher de vous dire qu'il a écrit une lettre bien vive à ma tante. Il s'est imaginé qu'elle m'avait inspiré le désir de me faire religieuse, et, d'après cette idée, il lui a adressé les reproches les plus amers. Ma tante avait d'autant plus droit de s'en fâcher qu'elle ne m'a jamais dit un seul mot sur ma vocation, dont je n'ai parlé qu'à vous. Mais, comme

elle connaît le caractère de mon papa, elle a excusé
les espèces de duretés qu'il lui dit : elle ne les a
regardées que comme un effet de la tendresse paternelle. Cependant, pour ne laisser aucun soupçon
sur sa conduite, elle a jugé à propos de lui écrire
la lettre suivante, et m'a chargée de vous la communiquer.

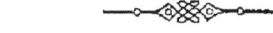

LA MÈRE ROSALIE A M. ***.

La lettre que vous m'avez fait l'honneur de m'é-
crire, monsieur, m'a d'autant plus surprise que
c'est par elle seulement que j'ai été informée de la
vocation, vraie ou prétendue, de mademoiselle votre
fille. Ce fait, dont je l'ai priée d'attester la vérité,
pourrait suffire pour vous convaincre que je ne mérite pas les reproches que j'ai eu le désagrément
d'essuyer de votre part. Mais, outre qu'il est de mon
intérêt de dissiper les doutes qui pourraient me faire
perdre la confiance que vous avez bien voulu me témoigner jusqu'à présent, je crois que l'attachement
et l'estime que je dois avoir pour ma profession m'o-
bligent de réfuter les fausses idées que vous en avez,
et je vais le faire avec le ton de franchise et de liberté
dont vous me donnez l'exemple.

Vous me dites nettement que « vous ne souffrirez jamais que votre fille entre dans un état où l'on ne trouve que de tristes victimes de l'enthousiasme et de la séduction, et dont tous les membres, en se dévouant au célibat, font vœu d'être inutiles à la société. » Ah ! sans doute, monsieur, lorsque vous avez écrit ces étranges assertions, votre esprit avait été troublé par la crainte de vous voir séparé pour toujours de votre chère Emilie, et l'amour paternel vous avait fait perdre de vue les vérités et les maximes du christianisme. Vous êtes trop éclairé et trop attaché aux bons principes pour ne pas savoir qu'un état qui est fondé sur les conseils mêmes de Jésus-Christ, qui a été consacré par l'autorité de l'Eglise, qui n'a d'autre but que de nous élever à la sainteté, et qui n'a jamais cessé de former des saints, ne peut être que respectable aux yeux de tout homme qui pense en vrai chrétien, et je croirais insulter à vos lumières et à vos sentiments si j'insistais davantage sur une vérité si sensible et si évidente par elle-même.

Cessez donc, monsieur, de nous regarder comme « les victimes de l'enthousiasme ou de la séduction : » nous ne sommes que celles de la piété, et je crois que, si, selon vos idées mêmes, c'est une gloire pour un guerrier d'abandonner sa patrie et d'exposer sa vie pour son prince et pour sa nation, nous pouvons nous glorifier de nous être séparées de nos parents et d'avoir sacrifié notre liberté pour notre religion et pour notre Dieu. Notre sacrifice ne diffère de ceux qu'on fait dans votre état que par le motif. Les militaires cherchent l'honneur, et nous, le salut ; ils travaillent pour le temps , et nous, pour l'éternité ; ils s'immolent au service des rois de la terre , et nous, à celui du souverain Maître de l'univers. La différence n'est-elle pas tout à notre avantage ? et, quand on a de la foi comme vous en avez, peut-on nous blâmer ? peut-on même nous plaindre ?

Non, monsieur ; vous pouvez vous en dispenser. La compassion que semble vous inspirer notre sort fait l'éloge de la bonté de votre cœur, mais elle porte à faux, et je vous conseille de la faire tomber sur des objets qui en soient plus dignes. S'il y a des peines dans notre état, il y a aussi des consolations , et je pourrais vous dire que , comme les Israélites, nous trouvons dans le désert une manne cachée, qui nous empêche de regretter les vils aliments de l'Egypte. Mais, sans employer ici ce langage, que vous croiriez peut-être inspiré par l'enthousiasme, quoiqu'il ne soit dicté que par la vérité, peut-on se flatter de rencontrer ici-bas une situation où il n'y ait rien à souffrir ? La terre, comme on l'a dit cent fois, est une vallée de larmes : le monde en est inondé comme la solitude, et je suis très-persuadée qu'il en coule beaucoup plus dans les familles que dans les cloîtres. Quoi qu'il en soit, monsieur, nous sommes contentes de notre destinée, et vous ne verrez certainement jamais autant de religieuses déplorer leur sort que nous avons vu, dans nos parloirs, de femmes du monde se plaindre du leur.

C'est donc à tort que vous nous regardez comme de tristes victimes. Avez-vous plus de raison de dire qu'en nous dévouant au célibat nous avons fait vœu d'être inutiles à la société? Est-ce donc être inutile que d'employer ses jours à former la jeunesse, à servir les malades, ou à lever sans cesse ses mains vers le ciel pour en faire descendre des grâces qui sanctifient la terre? et n'est-ce pas parce que les religieuses sont célibataires qu'elles font tout ce bien dont elles seraient incapables si elles étaient engagées dans le monde? Quoi! monsieur, vous n'oseriez blâmer cette multitude innombrable de guerriers qui renoncent aux liens du mariage pour se dévouer entièrement au service du prince ou à la défense de la patrie, et vous vous croiriez autorisé à censurer le petit nombre d'âmes religieuses qui se les interdisent pour se consacrer sans réserve à la gloire de Dieu et au bien de la religion! Vous vous feriez une peine de désapprouver ce que les rois ordonnent; et vous ne faites pas difficulté de condamner ce que Jésus-christ conseille; et vous nous traitez de personnes inutiles parce que, pour nous mettre en état de mener une vie plus parfaite, et même plus avantageuse à la société, nous nous sommes déterminées à suivre les conseils de ce divin Maître !

Ah ! savez-vous, monsieur, quels sont ceux qu'on doit regarder comme des membres véritablement inutiles ? Ce sont ces hommes sans religion, ces prétendus philosophes qui, selon ce que m'ont dit plusieurs fois les personnes du monde, ne restent dans le célibat que pour vivre dans le libertinage, et qui, bien loin d'être utiles à la société, ne servent qu'à la corrompre et à y élever l'empire du vice sur les ruines des bonnes mœurs. Voilà un désordre qui serait digne d'exercer le zèle dont vous paraissez animé ; voilà l'abus qu'il faudrait détruire si, comme vous dites, vous aviez l'autorité en main. Mais les couvents !... Hélas ! monsieur, on se plaint sans cesse de ce que, dans le monde, la vertu est presque toujours en butte au péril ou à la persécution ; où pourrait-elle donc être en paix et en sûreté si on lui ôtait l'asile qu'elle trouve dans la solitude ? et, si mon penchant me porte à rester tranquillement dans le port, pourquoi seriez-vous assez cruel pour vouloir me forcer à braver les orages et les tempêtes ?

D'ailleurs, monsieur, vous n'ignorez pas que, selon le préjugé général, les parents qui ont un nom et qui tiennent un rang distingué dans le monde, mais dont la fortune ne répond pas à leur naissance et à leur condition, ne peuvent, sans se ravaler aux

yeux du public, donner leurs filles à des hommes
d'un état beaucoup inférieur au leur, et que, quand
même ils ne seraient pas arrêtés par la bienséance,
l'intérêt, qui ne calcule que les richesses dans les
engagements où l'on ne devrait chercher que le mérite, ne leur permettrait pas de faire ces sortes de
mariages. Or, cela supposé, est-il rien de plus
utile pour les familles que de trouver dans les couvents un asile où elles puissent placer les jeunes
personnes avec autant d'économie que de décence et
de sûreté? et, nos retraites ne procurassent-elles
point d'autre avantage au monde, n'en serait-ce pas
assez pour les rendre précieuses aux yeux mêmes
de ceux qui ne les regarderaient que comme des éta-
blissements politiques? S'il faut s'en rapporter au
témoignage de ceux qui ont voyagé en Angleterre,
les habitants de cette île ne cessent de regretter les
couvents de filles que le fanatisme leur a fait détruire, parce qu'ils pensent qu'une demoiselle qui
n'a pas les moyens ou la volonté de s'engager dans les
liens du mariage ne saurait être mieux placée que
dans une communauté religieuse. Si vous n'avez pas
pensé comme eux, c'est sans doute que la tendresse
paternelle vous a fait illusion et vous a empêché de
nous juger avec impartialité. Mais j'espère qu'après
avoir lu les réflexions que j'ai l'honneur de vous
communiquer, vous me rendrez plus de justice.

Je n'ai fait jusqu'ici, comme vous le voyez, que

l'apologie de mon état ; mais, comme vous m'avez reproché d'avoir inspiré à mademoiselle votre fille le désir de l'embrasser, je vais maintenant faire la mienne. Je vous déclare donc, monsieur, et j'en prends à témoin mademoiselle Emilie, que je ne lui ai pas dit une seule parole qui pût l'engager à prendre le parti que vous m'accusez de lui avoir suggéré. J'aime mon état ; je remercie tous les jours le ciel de m'y avoir appelée ; cependant je m'en croirais indigne si j'étais telle qu'on nous dépeint dans le monde, où l'on prétend que, dans la vue de soutenir nos communautés, nous employons auprès des jeunes personnes tout ce que les sollicitations et les caresses ont de plus séduisant pour les y attirer. La gloire et le bonheur de nos maisons ne consistent pas à avoir beaucoup de religieuses, mais à en avoir de bonnes, et ce n'est point nous qui devons nous les donner, c'est Dieu. Comme lui seul peut connaître les personnes capables de mener un genre de vie qui, étant entièrement opposé aux voies ordinaires de la Providence, ne peut convenir qu'à un petit nombre d'âmes privilégiées, lui seul aussi peut et doit les y appeler. Je me garderais donc bien de prévenir les desseins de ce maître suprême, qui me sont inconnus. Je lui laisse le soin de jeter les yeux sur qui bon lui semble, et je me borne à le prier de nous envoyer des sujets qui puissent contribuer à sa gloire et à notre édification.

Voilà mes principes et ceux de toutes nos dames.
Loin donc d'avoir inspiré à mademoiselle votre fille
le désir d'entrer parmi nous, je me serais fait une
peine de lui en donner seulement la moindre idée.

Si elle m'eût fait part de son dessein, comme
elle l'a communiqué à madame sa mère, après lui
avoir tracé d'une main impartiale le tableau fidèle
des obligations, des peines et des avantages de la
vie religieuse, je me serais contentée de lui dire :
« Réfléchissez, priez, consultez et décidez-vous
avec toute la maturité qu'exige la démarche la plus
importante que vous ayez à faire pendant votre vie. »
Ce n'est pas que je ne regardasse une prétendante
du mérite de mademoiselle Emilie comme une ac-
quisition très-précieuse pour notre communauté ;
mais l'intérêt et l'inclination ne me feront jamais
oublier mon devoir ; et, si les hommes ne me rendent pas justice, le témoignage de ma conscience me
justifiera aux yeux de Dieu. Je suis, etc.

LA MÈRE A SA FILLE.

Vous m'avez bien affligée, ma fille, en me faisant part de la lettre que votre papa a écrite à votre
tante : s'il me l'eût communiquée, je l'aurais bien

empêché de la faire partir ; mais il s'est laissé emporter à sa vivacité, et, dans le premier mouvement, il n'a consulté que son cœur, qui lui a fait oublier le respect que l'on doit à l'état religieux et à toutes les personnes qui s'y sont consacrées. Heureusement la réponse de la Mère Rosalie lui a fait connaître sa faute ; il est tout décidé à la réparer en lui faisant ses excuses. Présentez-lui aussi les miennes, et témoignez-lui combien je suis fâchée de tout ce qui s'est passé.

Venons-en maintenant à l'article essentiel de votre lettre. Vous me priez de vous donner des conseils sur votre vocation. Fut-il jamais demande plus embarrassante pour une mère qui craint Dieu et qui aime ses enfants ? Eh ! que puis-je vous dire sur un point si délicat et si important ? Vous conseillerais-je de vous établir dans le monde ? peut-être contredirais-je en cela la volonté du Seigneur, dont les desseins me sont inconnus. Vous exhorterais-je à embrasser l'état religieux ? à cette seule idée mon cœur se soulève, et il me presse si vivement de vous rappeler auprès de moi qu'il ne me permettrait jamais de vous engager à vous en séparer pour toujours. Jugez donc quelle est ma situation.

Je ne vous laisserai pourtant pas sans secours ; mais, comme je sais que le choix d'un état de vie est la démarche la plus importante et la plus décisive pour notre bonheur et pour notre salut, j'im-

poserai silence à mon cœur pour ne vous parler
que le langage de la religion et pour vous dire, non
en mère tendre, car la tendresse maternelle pourrait
me faire illusion, mais en mère chrétienne, ce que
je pense sur ce sujet.

Comme je suppose que vous m'avez fait part de
votre projet dès qu'il vous est venu dans l'esprit, j'ai
lieu de croire qu'il ne date pas de bien loin, puisque
il n'y a que quelques mois que vous m'en avez parlé.
Or, ma fille, ce n'est pas en si peu de temps qu'on
peut se décider à embrasser un état pour toute sa vie;
une démarche aussi essentielle exige de trop longs
préparatifs pour que vous puissiez les avoir déjà
faits.

D'abord c'est un principe généralement reconnu,
que toute bonne vocation doit venir du ciel, et que,
comme il n'appartient qu'à Dieu de nous assigner la
place que nous devons occuper ici-bas, il n'y a que
lui aussi qui puisse nous la faire connaître. La première précaution que doit donc prendre une âme
chrétienne avant que de fixer son choix sur aucun
état, c'est de s'adresser à l'Esprit saint, c'est de le
conjurer instamment de lui montrer la route qu'elle
doit suivre. Le Seigneur ne saurait rejeter une
prière si conforme aux sages vues de sa providence:
il ne l'exauce cependant pas toujours tout de suite;
et, soit qu'il veuille éprouver la constance de ceux
qui la lui adressent, soit qu'il se propose de leur

mieux faire sentir le prix de la grâce qu'ils sollicitent, il ne la leur accorde, pour l'ordinaire, qu'après qu'ils la lui ont demandée par de longues et fréquentes supplications. Vous ne sauriez donc, ma fille, employer trop de temps à la lui demander ; et, si, contente de lui avoir offert quelques vœux passagers, vous vous décidiez sans attendre qu'il y répondît par les salutaires inspirations de sa grâce, vous risqueriez de prendre les caprices de votre imagination pour un oracle du ciel, et de vous égarer en croyant suivre la bonne voie.

Mais, comme Dieu ne s'explique pas immédiatement par lui-même, ce n'est pas assez de s'adresser à lui par la prière ; il faut encore consulter ceux qu'il a choisis pour être les interprètes de ses volontés et nos guides dans les voies du salut. Quand donc vous croiriez fermement que Dieu vous appelle à la vie religieuse, ne vous en fiez pas à vos propres idées ; faites-en part à un confesseur vertueux et éclairé, et, afin qu'il vous décide avec connaissance de cause, ayez soin de lui dévoiler les secrètes dispositions de votre cœur. Cette précaution est plus importante que vous ne pensez ; car, de même qu'un habile médecin ne peut nous prescrire le régime que nous devons suivre ; à moins qu'il ne connaisse notre tempérament et nos infirmités, ainsi, pour qu'un directeur prudent puisse indiquer à une jeune personne le genre de vie qu'elle

doit embrasser, il est nécessaire qu'il ait une connaissance exacte de son caractère, de ses inclinations, et il ne pourra l'avoir qu'autant qu'elle·aura
soin de la lui donner. Or est-il à présumer que
vous vous connaissiez assez bien pour vous faire
connaître aux autres ? Il faudrait, pour cela, que
vous fussiez descendue dans votre cœur, que vous
en eussiez sondé les replis, examiné les goûts,
étudié les répugnances, et un pareil ouvrage ne
peut être que le fruit du temps, de la réflexion et
de l'expérience.

A votre âge, ma fille, on ne consulte guère que
l'imagination ; et, comme elle a coutume d'embellir tout à nos yeux, on réalise d'abord en idées.
les vains projets qu'elle nous inspire, et on se croit
capable de tout. Mais, lorsqu'on veut en venir à
l'exécution, on voit avec douleur qu'on s'était trom-
pé, et, rebuté par des difficultés qu'on n'avait point
prévues, on n'éprouve que le regret de s'être engagé
trop légèrement. Aussi, au lieu de se charger tout
de suite d'un fardeau dont on ne connaît pas la pe-
santeur, je voudrais qu'on essayât ses forces, et
que, à l'exemple de madame Louise, on se convain-
quît, par de longues et fréquentes épreuves, qu'on
est en état de le porter ; je voudrais qu'on commen-
çât par connaître les divers états où l'on peut être
appelé, et que, les comparant les uns avec les autres, on en balançât les inconvénients, les ressources

et les dangers. Par ce moyen, on ne marcherait point à l'aveugle, on saurait où l'on va, et on ne trouverait dans l'état où l'on entrerait que ce qu'on s'était attendu à y rencontrer. Mais, pour faire la comparaison dont je viens de parler, il faut avoir des lumières que vous n'avez pas ; et vous décider, sans les avoir, à prendre le parti du monde ou de la religion, ce serait risquer évidemment de faire une fausse démarche.

Ne précipitez donc rien, ma chère enfant ; attendez que la maturité de l'âge vous mette en état de faire un choix prudent et raisonné. Si le Seigneur a des desseins particuliers sur vous, il n'est pas encore temps de les exécuter, et je croirais manquer à mon devoir si je consentais à vous laisser entrer dans une route aussi éloignée des voies ordinaires de la Providence que l'est la vie religieuse, sans être bien convaincue que vous avez pris tous les moyens nécessaires pour vous assurer, autant qu'il est possible, de la bonté de votre vocation.

Tout ce que j'ai donc à vous conseiller pour le présent, c'est de prier, c'est de mériter, par une vie pure et innocente, que Dieu vous fasse connaître ses volontés ; c'est de vous étudier, de vous examiner, de vous éprouver, et de dévoiler au guide de votre conscience vos désirs, vos goûts, vos inclinations. Quand vous aurez pris toutes ces précautions, vous n'aurez pas à craindre de vous décider témé-

rairement, et vous pourrez agir en toute sûreté ;
mais jusqu'alors, je vous le répète, il serait impru-
dent de faire un choix, et je n'y consentirai jamais.
Ne croyez pas, au reste, que mes conseils soient
dictés par l'intérêt que j'ai à vous les donner. Hélas !
si je ne consultais que mon cœur, je vous tiendrais
un langage bien différent ; mais le premier devoir
d'une mère est de sacrifier son inclination à sa religion, et je puis bien vous assurer que jamais aucun
sacrifice ne m'a coûté autant que celui que je fais à
présent.

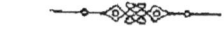

LA FILLE A SA MÈRE.

Je vous l'avoue, maman, je n'imaginais pas que,
pour s'assurer de la bonté de sa vocation, il fallût
prendre toutes les précautions dont vous me parlez ;
vous m'en faites cependant si bien sentir la nécessité
que je n'ai rien à opposer à la sagesse de vos conseils. Tout ce qui m'embarrasse, c'est la difficulté
qu'il y a à les suivre. Je puis bien redoubler mes
prières, consulter mon directeur, étudier mes inclinations ; mais est-il possible qu'à mon âge je
puisse assez bien connaître le monde et l'état religieux pour balancer, comme vous le dites, les in-

convénients et les avantages de l'un et de l'autre? Il faudrait, pour cela, que j'eusse beaucoup d'expérience, et je n'en ai point. Comment voulez-vous donc que je fasse, ma bonne maman? Faut-il que j'emploie la moitié de ma vie à examiner l'état où je dois passer l'autre? Cela me paraît trop fort, et il me semble qu'il y a un moyen plus court et plus simple.

Quand on n'a pas par soi-même assez de lumières, on profite de celles des autres : c'est justement la règle que j'ai suivie. Depuis que je me connais, j'ai vu qu'on n'osait répondre du bonheur des jeunes personnes qui s'établissaient dans le monde, et qu'au contraire, lorsqu'on parlait d'une demoiselle qui se faisait religieuse, on disait presque toujours : « Elle est bienheureuse. » Voilà, maman, ce qui m'a fait pencher pour l'état religieux. Il me paraît qu'en l'embrassant non-seulement je me sauverais plus sûrement, mais encore que je vivrais beaucoup plus tranquillement que si j'entrais dans le monde.

Cependant, maman, puisque la confiance que j'ai en vous m'oblige de vous découvrir tout ce qui se passe dans mon cœur, je vous dirai naïvement que, quoique je ne croie pas me tromper, je désirerais cependant être dans l'erreur, et que, s'il m'était libre d'embrasser l'état qui me plairait le plus, je ne songerais seulement pas à celui où vous craignez tant de me voir entrer. Mais vous m'avez dit cent fois que nous ne sommes bien qu'où le ciel nous veut ; qu'il n'y a rien de plus important que de suivre sa vocation ; que, si l'on s'engage dans une route opposée à celle que Dieu nous a choisie, il est impossible d'arriver au terme où il nous appelle ; et c'est ce qui me jette dans la plus terrible perplexité. D'un côté, je voudrais être religieuse, et, de l'autre, je ne le voudrais pas. Mon cœur plaide pour vous et pour moi, et mon esprit pour Dieu : je flotte continuellement entre la crainte de lui désobéir et celle de me séparer de vous. Pour quel parti dois-je enfin me décider ? Il n'y a que vous, maman, qui puissiez me l'apprendre.

Continuez donc, je vous prie, à m'éclairer par vos sages conseils ; et, puisque je ne suis pas en état de juger par moi-même des deux états entre lesquels j'ai à choisir, ayez la bonté de me les faire connaître, afin qu'étant bien instruite, je puisse, comme vous me le dites, faire un choix prudent et raisonné. Ce nouveau service que je vous demande mettra le comble aux témoignages de tendresse que vous m'avez donnés jusqu'ici, et je pourrai dire avec vérité que je vous dois tout.

LA MÈRE A SA FILLE.

Votre demande est trop juste, ma fille, pour que je puisse m'y refuser : je vais donc vous dire avec impartialité ce que les réflexions et l'expérience m'ont appris sur les deux états que vous cherchez à connaître.

Il est d'abord certain qu'il n'y a aucune condition qui soit entièrement exempte de chagrins et de peines. Soit qu'on s'engage dans les liens du mariage, soit qu'on s'ensevelisse dans les ombres de la solitude, on ne peut manquer d'avoir bien des amertumes à dévorer. Il n'est donc question que d'examiner quelle est celle de ces deux situations où l'on a le moins à souffrir et où l'on trouve le plus de ressources pour adoucir ses souffrances. Vous croyez que c'est la seconde, parce que vous avez vu, dites-vous, qu'on vantait presque toujours le bonheur des jeunes personnes qui entraient en religion, et qu'on n'osait répondre du sort de celles qui s'établissaient dans le monde. Il est bien vrai, ma fille, qu'un pareil établissement est sujet à bien des inconvénients; qu'on peut se tromper dans le choix que l'on fait, et qu'à la place des bonnes qualités qu'on s'était figurées, on ne trouve souvent dans l'époux avec qui l'on s'unit que des vices et des défauts, surtout lorsque,

en se mariant, on ne suit, comme votre cousine
Caroline, que ses idées et son inclination. Mais les
jeunes demoiselles qui, en se faisant religieuses, ne
consultent que leur imagination, que leur caprice,
que leur attachement pour une tante ou pour une
amie, ne peuvent-elles pas aussi se tromper? et, si,
en conséquence de leur erreur, le cloître, qu'elles
s'étaient représenté comme un séjour de délices, se
change pour elles en un lieu de tristesse et d'ennui,
leur sort n'est-il pas plus à plaindre que celui de
bien des personnes du monde?

Vous me direz peut-être qu'il y a peu de religieuses qui éprouvent un sort aussi triste que celui
que je viens de vous dépeindre : je veux bien le
croire ; mais il est aussi peu de femmes dans le
monde qni aient aussi mal rencontré que votre cousine. Mettons donc à part ces cas particuliers, qui
sont comme une exception à la règle générale, et,
en supposant qu'on ne se méprend pas dans le choix
que l'on fait, tenons-nous-en aux peines inséparables des deux états entre lesquels vous avez à choisir.

Quand on est établi dans le monde, on a un ménage à gouverner, des affaires à traiter, des enfants
à élever, un mari à ménager, des parents à supporter, et tout cela ne se fait pas sans qu'il en coûte
beaucoup : il faut nécessairement se gêner, se con-
traindre, se dévouer à un travail pénible, s'assujettir à une vigilance continuelle, et sacrifier, à tout

moment, ses plaisirs à son devoir. Mais, quand on
est engagé dans l'état religieux, n'a-t-on pas à peu
près les mêmes sacrifices à faire? ne faut-il pas
qu'on remplisse son emploi, qu'on observe sa règle,
qu'on prie, qu'on travaille, qu'on se conforme aux
volontés d'une supérieure, qu'on ménage tous les
esprits, qu'on se plie à tous les caractères? et tout
cela peut-il se faire sans gêne, sans contrainte,
sans violence?

Je sais que les religieuses peuvent trouver de
grandes ressources dans leur piété, et que l'amour
divin, dont elles sont sans doute animées, est capable de leur adoucir tout ce que leur état semble
offrir de pénible et de rigoureux; mais cet amour
sacré n'est pas tellement concentré dans la solitude
qu'il ne puisse faire sentir ailleurs ses vives ar-
deurs. Comme nous sommes tous obligés d'aimer
Dieu, nous pouvons tous l'aimer, et la piété n'est
pas moins propre à répandre l'onction sur les croix
qu'on rencontre dans le monde que sur celles qu'on
trouve dans la religion.

Vous voyez donc, mon enfant, que tout est à peu
près égal de part et d'autre, par rapport au bonheur
temporel. En est-il de même pour ce qui concerne
le salut éternel, qui est comme le terme où doivent
tendre toutes nos démarches? J'avoue qu'ici les apparences sont contre nous. Notre état nous expose
à mille tempêtes, qui nous menacent de toutes

parts, et l'âme religieuse semble être dans un port tranquille, où elle n'a rien à craindre. Ne croyez pourtant pas qu'elle soit dans une parfaite sécurité : ce n'est point l'état, mais la vocation et la fidélité à y répondre, qui décide du salut. Quoique la solitude paraisse n'offrir aucun écueil, cependant une personne qui y entrerait sans y être appelée trouverait un piége dans l'absence même de tous les dangers. La privation des amusements et des plaisirs, dont elle serait éloignée, ne ferait qu'en irriter le désir dans son cœur ; son imagination la transporterait continuellement au milieu du monde ; elle s'y figurerait un bonheur d'autant plus séduisant qu'elle n'en jugerait que par les apparences ; elle comparerait, à tout moment, ce prétendu bonheur avec les peines qu'elle aurait à endurer ; et quel regret cette comparaison n'exciterait-elle pas dans son cœur ! Elle se verrait attachée sans retour à ce qu'elle n'aimerait pas, et privée pour toujours de ce qu'elle serait le plus portée à aimer. Pourrait-elle, dans cette situation, profiter des moyens de salut que présente la religion ? Ne serait-il pas à craindre, au contraire, qu'elle ne regardât sa solitude que comme une prison, le silence et la prière que comme une source d'ennui, les divers exercices de sa profession que comme autant d'assujettissements pénibles, qu'elle secouerait autant qu'elle pourrait, et auxquels elle ne se soumettrait que par force ou par respect humain ?

10..

Oui, ma fille, je suis persuadée que ce sont là souvent les suites d'une mauvaise vocation ; et c'est pour cela que je me crois obligée de vous exhorter à examiner la vôtre avec tout le soin possible : car, quelque prévenue que vous soyez en faveur de la facilité avec laquelle on peut faire son salut dans l'état religieux, si vous aviez le malheur de l'embrasser sans y être appelée, vous vous y sauveriez beaucoup plus difficilement que si vous entriez dans le monde, où Dieu vous voudrait. On a beau dire que ce monde pervers offre des écueils à tous les pas : quelque multipliés que soient les dangers que l'on y rencontre, ils ne sont pourtant pas inévitables, et on ne s'y expose qu'autant qu'on le veut. Une femme qui a de la piété peut se ménager une solitude jusqu'au milieu du tumulte du siècle. Il ne dépend que d'elle de s'interdire les spectacles, de fuir les amusements profanes, de se tenir dans sa maison, de s'y occuper de ses devoirs, de partager son temps entre le travail et la prière, et je pourrais vous nommer ici plusieurs dames chrétiennes dont la vie est peut-être aussi édifiante et aussi régulière que celle de la religieuse la plus fervente.

A la vérité, tout cela exige beaucoup de vertu, et on ne peut être vertueux dans le monde sans se faire beaucoup de violence. Mais pensez-vous qu'on puisse l'être dans la retraite sans qu'il en coûte rien ? Ah ! détrompez-vous, mon enfant : dans quelque lieu

que nous allions, nous nous portons toujours nous-
mêmes, et c'est dans notre cœur que nous trouvons
les ennemis les plus redoutables. Supposez donc la
religieuse la mieux appelée : la bonté de sa vocation
ne la délivrera pas des attaques de la tentation, qui
pénètre jusque dans les asiles les plus reculés, et ce
ne sera qu'en combattant sans relâche qu'elle pourra
venir à bout de remporter la victoire. Si elle se dément de sa première ferveur, si elle néglige ses devoirs, si elle abandonne ses exercices, si elle veut
ouvrir les yeux sur le monde qu'elle a quitté et porter
ses désirs vers les objets auxquels elle a fait vœu de
renoncer, elle éprouvera bientôt que l'état le plus
saint n'est pas à l'abri des plus grandes chutes, et
que la vigilance et la piété ne sont pas moins nécessaires dans le cloître que dans le monde.

Ne vous y trompez donc pas, ma chère : le
royaume des cieux souffre partout violence, et, quelque parti que vous preniez, il faut vous attendre à
avoir bien des combats à livrer. Quant à moi, ma
fille, si je pouvais lire dans l'avenir, si je prévoyais
que vous dussiez jouir du repos et de la paix qu'on
goûte dans la solitude lorsque l'on n'y entre que
pour obéir à la voix du ciel, je serais la première à
vous y exhorter, je sacrifierais volontiers mon
bonheur au vôtre ; mais, comme j'ignore si ce serait là votre sort, et qu'au lieu d'un bonheur solide,
vous ne trouveriez dans la retraite qu'un cruel mar-

tyre si vous y entriez sans vocation , je me contenterai de joindre mes prières, aux vôtres, et je dirai
sans cesse au Seigneur : Vous savez, ô mon Dieu ,
quelle est ma tendresse pour ma fille , et je sais
aussi quels sont les droits que vous avez sur elle :
disposez donc de son sort selon votre sainte volonté ;
je suis prête à faire céder mes désirs aux vôtres :
mais, si je suis condamnée à vivre loin d'elle, que
j'aie au moins la consolation de savoir qu'elle vit
pour vous, et qu'elle ne m'a abandonnée que pour
s'attacher plus étroitement à vous.

Je sens, ma chère, que mon cœur voudrait désa-
vouer cette prière ; mais, je vous l'ai déjà dit , le
titre de chrétienne l'emportera toujours en moi sur
celui de mère, et, quoi qu'il puisse m'en coûter , je
sacrifierai en toute occasion ma tendresse à mon devoir et à votre salut.

Au reste, comme ce que je vous ai dit sur la vie
religieuse pourrait vous paraître suspect ou exagéré,
je consens que vous ne vous en rapportiez pas à ma
décision, et que vous la soumettiez au jugement de
votre tante , qui, par la longue expérience qu'elle a
acquise, doit être plus au fait que moi de tout ce
qui se passe dans les couvents. Montrez-lui donc ma
lettre , et, si elle y trouve quelque chose de répréhensible, priez-la, de ma part, de vous faire apercevoir mes erreurs et de me les indiquer à moi-
même , afin que je les rétracte ; car je ne prétends

pas vous tromper, je ne veux que vous instruire et
vous éclairer.

LA FILLE A SA MÈRE.

Je vous dois bien des remercîments, ma bonne
maman, pour la lettre que vous avez eu la bonté de
m'écrire sur ma vocation ; mais je ne peux pas encore vous marquer l'effet qu'elle a produit sur moi.
Vous me dites que je ne dois me décider qu'après de
mûres réflexions : je suivrai ce sage conseil, je pren-
drai du temps pour les faire. En attendant, pour me
conformer à vos intentions, j'ai communiqué votre
lettre à ma tante : elle l'a lue ; et comme je l'ai priée
de me dire ce qu'elle en pensait : « Vous le verrez,
m'a-t-elle répondu, dans les observations que je me
propose d'envoyer à votre maman. » Le lendemain
elle me remit, sous cachet volant, le papier que
vous trouverez joint à ma lettre. J'ai fait la lecture
de ce qu'il contient, et j'ai vu qu'il fournit matière
à bien de nouvelles réflexions. Si mon papa voit cet
écrit, il se convaincra toujours mieux que ma tante
ne cherche point à éblouir les jeunes personnes par
de belles promesses. J'ai été fort contente qu'il lui

ait fait des excuses, et il me semble qu'elle en a été satisfaite. J'espère que vous le serez aussi de ma docilité à suivre vos avis.

LA MÈRE ROSALIE A MADAME DE ***.

La lettre que vous avez écrite à Emilie sur sa vocation est, à mes yeux, madame, une nouvelle preuve de votre sagesse; cependant, puisque vous exigez que je vous dise ce que j'en pense, je crains que, faute de bien connaître l'état religieux, vous n'ayez pas bien saisi le point de vue sous lequel il faut le faire envisager aux jeunes personnes qui songent à l'embrasser.

Vous comparez le bonheur qu'on doit y chercher avec celui qu'on peut goûter dans le monde, et c'est, en partie, sur cette comparaison que vous voulez qu'elles se décident. Il y a pourtant bien de la différence entre ces deux espèces de bonheur. Notre règne, ainsi que celui de notre divin Maître, n'est pas de ce monde; et nous pouvons dire avec un apôtre « que, si nous ne fondions nos espérances que sur les avantages de la vie présente, nous serions les plus infortunées de tous les mortels.» Obli-

gées, par les engagements de notre profession, de nous
priver de tout ce qui peut flatter les sens, il n'y a
plus rien ici-bas qui puisse nous satisfaire : nous ne
pouvons trouver notre félicité qu'en Dieu. Mais,
comme ce Dieu jaloux ne se communique qu'aux
âmes qui renoncent à elles-mêmes pour s'attacher
entièrement à lui, ce n'est que par la mortification
et l'abnégation qu'on peut s'attirer les consolations
qu'il a coutume de leur prodiguer ; et, pour vivre
heureusement dans la solitude, il faut nécessairement y mourir au monde et à l'amour-propre.

Aussi, si une jeune personne venait me demander
ce qu'elle peut se promettre de l'état religieux, je ne
lui dirais pas : « Vous y serez dégagée de tout soin
» et exempte de toute peine ; rien ne vous man-
» quera ; vous trouverez autant de sœurs que de
» compagnes, autant de mères que de supérieures,
» et, sous leur empire, vous coulerez vos jours dans
» un doux repos et dans une parfaite tranquillité. »
Outre que ces espérances seraient trop humaines, il
est bien des circonstances où elle pourrait s'en voir
frustrée, puisque, comme vous l'observez fort bien,
il y a des chagrins dans la religion, ainsi que dans
le monde. Je lui dirais au contraire : « Ne vous atten-
» dez pas à jouir parmi nous des douceurs d'une vie
» agréable et commode ; ne vous figurez pas la soli-
» tude comme un Thabor où l'on ne goûte que des
» consolations : c'est plutôt un calvaire, où il faut

» sans cesse porter sa croix à la suite de Jésus-Christ,
» et ce n'est qu'en se chargeant de ce joug sacré
» qu'une religieuse peut procurer le repos à son
» âme.

» Quand, peu contente d'avoir quitté le monde,
» elle l'oubliera, et ne pensera plus à ses proches
» que pour attirer sur eux les grâces du ciel par la
» ferveur de ses prières ; quand, fidèle à observer le
» vœu d'obéissance qu'elle a fait au pied des autels,
» elle n'aura d'autre désir que celui de se conformer
» à la volonté de ses supérieures ; quand, pleine de
» zèle pour la perfection où elle est obligée de ten-
» dre, elle se fera une étude continuelle d'accomplir
» tous les points de sa règle, qui est comme le che-
» min qui doit l'y conduire ; quand enfin, sévère
» envers elle-même, elle ne se ménagera en rien, et
» ne s'appliquera qu'à mortifier ses sens par la pra-
» tique de la pauvreté et par l'exercice de la péni-
» tence, qu'on peut regarder comme le fondement et
» la base de l'état qu'elle a embrassé, alors elle jouira
» de cette liberté d'esprit, de ce dégagement de
» cœur, de ce calme intérieur, de cette paix de
» Dieu qui est le fruit d'une bonne conscience, et
» qui l'emporte autant sur les plaisirs des sens que
» le ciel est au-dessus de la terre. Alors, bien loin
» de craindre de ne pas obtenir la précieuse récom-
» pense que Jésus-Christ a promise à ceux qui auront
» tout quitté pour le suivre, elle sentira que tout

» l'autorise à l'espérer, et cette douce espérance lui
» fera trouver le bonheur jusque dans le sein des
» souffrances et des tribulations.

» Mais, si, au lieu de porter avec ardeur le joug du
» Seigneur, elle cherche à le secouer, ou ne le traîne
» qu'avec nonchalance et avec tiédeur, chaque pas
» qu'elle fera lui coûtera un nouvel effort, tout la
» lassera, tout la dégoûtera, et, ne jouissant ni des
» douceurs du monde, ni des consolations de la re-
» ligion, elle tombera dans un état de langueur et
» d'ennui qui, en rendant sa vie dure et pénible,
» l'exposera à se perdre et à faire naufrage jusque
» dans le port. Voulez-vous donc vous procurer le
» bonheur et la sûreté que semble promettre l'état
» religieux? n'y entrez que dans l'intention de vous
» sanctifier ; et ne croyez pas en goûter les douceurs
» si vous n'êtes pas sincèrement déterminée à en
» supporter les austérités. Dieu n'est libéral qu'en-
» vers les âmes qui le sont envers lui, et, quand on
» veut ne le servir qu'avec lâcheté, on doit s'atten-
» dre à ne le servir qu'avec dégoût. »

Voilà, madame, le langage que je croirais devoir
tenir à une jeune demoiselle qui viendrait me consulter sur sa vocation. Si ces maximes l'effrayaient
et la rebutaient, ce serait une preuve que sa vocation
ne viendrait pas du ciel, puisqu'elle ne serait pas
animée par le principal motif qui doit porter une
âme à embrasser l'état religieux. Si, au contraire, elle

goûtait ce plan de conduite, et se sentait déterminée à ne prendre le parti de la retraite que pour y vivre entièrement pour Dieu et en Dieu, non-seulement j'augurerais bien de sa vocation, j'oserais encore lui répondre de son bonheur, puisque nous voyons ordinairement que les religieuses les plus austères et les plus ferventes sont aussi les plus heureuses.

J'aurais cru, madame, me rendre indigne de la confiance dont vous m'honorez si je ne vous avais pas communiqué ces réflexions. Mais j'abandonne à votre prudence le soin d'en faire l'application que vous jugerez convenable pour le bien de notre chère Emilie. Dès qu'elle vous a prise pour guide, je suis tranquille sur sa conduite. Si le ciel la destinait à couler ses jours parmi nous, ce serait une faveur de plus qu'il nous accorderait, et personne n'en sentirait mieux le prix que moi ; mais, si nous sommes privées de cet avantage, je sacrifierai volontiers, comme vous, ma satisfaction à son bonheur et à son salut, que je désire par-dessus tout. Je suis, etc.

LA MÈRE A SA FILLE.

Notre procès fut enfin jugé hier. Le succès en a été tel que nous l'espérions. Nous l'avons gagné tout d'une voix ; notre adversaire a été condamné à tous les dépens. Votre père est transporté de joie : je le suis, pour le moins, autant que lui. Eh! comment ne le serions-nous pas? nous n'avons plus rien à craindre pour le sort de nos enfants ; nous sommes assurés de leur laisser une fortune honnête ; peut-il y avoir rien de plus doux pour le cœur d'un père et d'une mère? Ce qui met le comble à notre satisfaction, c'est l'espoir de vous revoir bientôt. Nous ne resterons plus ici que le moins qu'il nous sera possible ; mais, avant que d'en partir, il faut faire lever l'arrêt, recevoir le paiement de ce qui nous est dû, et, de plus, j'ai le projet d'obtenir un congé pour votre frère, qui est ici depuis quelques jours, et que j'aurais grande envie de mener avec nous. Tout cela exige du temps, et m'empêchera peut-être de vous écrire avant notre départ. Ainsi ne soyez point en peine si vous ne recevez pas sitôt de mes nouvelles : il pourra bien se faire que je ne vous en donne que lorsque nous serons rendus chez nous. Alors vous en aurez sûrement.

J'ai reçu la lettre de votre tante : elle est bien conforme à l'idée que j'avais de sa sagesse et de sa piété. Les circonstances ne me permettent pas d'y répondre ; mais faites-lui agréer mes remercîments.

LA MÈRE A SA FILLE.

Ce que j'avais prévu est arrivé : il ne m'a pas été possible, ma fille, de vous écrire avant notre départ de Paris. Nous avons enfin quitté cette grande ville, et nous sommes de retour dans notre patrie. On a bien raison de dire que, pour trouver le repos agréable, il faut qu'il ait été précédé par la peine. Jamais je n'ai mieux senti la satisfaction qu'il y a à être tranquille chez soi, et à se trouver au milieu de ses connaissances et de ses amies.

Cependant, ma fille, il manque encore quelque chose à mon bonheur : vous n'êtes point ici, et votre absence empoisonnerait tous mes plaisirs si elle devait durer encore long-temps. Mais non, je n'ai plus la force de la supporter : il faut que vous veniez mettre le comble à notre allégresse, en vous réunissant à nous. Votre père, votre frère et moi, nous sommes tous de cet avis ; je crois que vous en serez aussi, et que vous ne nous allèguerez pas votre vocation vraie ou prétendue pour vous refuser à nos vœux. Bien loin que l'idée que vous avez de vous faire religieuse doive vous empêcher de reparaître dans la maison paternelle, je la regarde comme un motif de plus pour vous y appeler, parce que, pendant le séjour que vous y ferez, vous aurez plus de moyens pour connaître le monde et pour vous éprouver.

Ne craignez pourtant pas que, pour vous mettre à portée de faire cette épreuve, nous adoptions la méthode que suivent bien des parents en pareilles occasions : dès qu'ils aperçoivent dans leurs enfants des dispositions et des vues qui ne sont pas conformes à leurs désirs, ils les jettent au milieu du tourbillon du monde, ils les exposent à tous les dangers de la dissipation, et, à force de leur inspirer le goût du plaisir, ils leur font perdre celui de la piété. Nous croirions nous rendre coupables aux yeux de Dieu si nous contrariions ainsi les desseins qu'il peut avoir sur vous. Soyez donc tranquille, ma chère, vous ne verrez ici qu'un petit nombre de personnes sages et vertueuses ; vous n'y fréquenterez que le monde que l'on peut et qu'on doit fréquenter ; vous y aurez même pour compagne ordinaire votre bonne amie Julie, que sa mère est toute décidée à retirer du couvent lorsque vous en sortirez. Il n'y a certainement rien en tout cela qui puisse contrarier votre vocation.

Mais, en évitant de la combattre, je n'oublierai rien pour l'examiner. Ce sera là le sujet ordinaire des conversations que j'aurai avec nous. Je sonderai vos goûts, j'épierai vos penchants, et si, après avoir pris toutes les précautions que peut inspirer la prudence chrétienne, je viens à bout de découvrir que vous êtes réellement appelée à l'état religieux, je vous l'ai déjà dit, et vous le répète encore, bien loin de vous en détourner, je serai la première à vous y porter. Vous étiez à Dieu avant que d'être à moi, et, s'il faut faire un sacrifice, j'aime mieux vous perdre pour le temps que pour l'éternité!

Mais que fais-je, ma fille, et pourquoi me livrer à des idées qui ne se réaliseront peut-être jamais? Ne songeons pour le présent qu'à jouir de la douce satisfaction que le ciel nous permet. Faites les préparatifs nécessaires pour le voyage; de mon côté, je vais tout disposer pour accélérer le départ de votre frère, qui se charge de vous aller prendre. La seule espérance de vous revoir remplit déjà mon cœur de consolation. Jugez ce que ce sera lorsque je vous serrerai dans mes bras : c'est alors que je serai parfaitement heureuse, et que le plaisir que j'aurai d'être réunie à mes deux enfants me fera oublier toute la peine que j'ai eue à m'en voir séparée pendant si long-temps.

Mlle EMILIE A LA MÈRE ROSALIE.

Mes vœux sont enfin accomplis, ma très-respectable et très-chère tante : je suis dans le sein de ma

famille, je me vois réunie à ce que j'aime le plus.
Mon cœur en est transporté de joie; il n'est cependant pas satisfait entièrement, et j'éprouve, comme
je l'ai ouï dire cent fois, qu'il n'est point ici-bas de
parfait bonheur. Je ne suis plus auprès de vous, et
la douleur que j'ai de vous avoir quittée vient souvent m'attrister au milieu de ce qu'il y a de plus propre à me satisfaire.

Je tâche bien de suppléer à votre présence en pensant à vous, en me rappelant ce que vous avez fait
pour moi ; mais le souvenir même de vos bontés ne
sert qu'à me les faire toujours plus regretter. Oui,
ma très-respectable et très-chère tante, malgré les
agréments et les douceurs que je trouve dans le sein
d'une famille qui m'aime et que je chéris, je voudrais, s'il était possible, être encore dans votre communauté ; je voudrais du moins que mon domicile
et le vôtre se trouvassent si rapprochés que je pusse
être à portée de vous voir, de vous entendre, et de
profiter de vos bons conseils ; mais, puisque l'espace
immense qui nous sépare me prive de ce précieux
avantage, dédommagez-moi, je vous prie, de cette
dure privation, et continuez à me donner par écrit
les sages leçons que vous me donniez de vive voix.
Elles seront à mes yeux une nouvelle preuve du vif
intérêt que vous prenez à mon bonheur, et, en ache-
vant de m'instruire et de me former à la vertu, elles
augmenteront toujours plus la vive reconnaissance

et l'attachement respectueux avec lesquels je
suis, etc.

LA MÈRE ROSALIE A Mlle EMILIE.

Je reconnais bien, ma chère Emilie, la bonté de
votre cœur dans le regret que vous me témoignez de
nous avoir quittées ; mais je voudrais en même temps
que vous pussiez découvrir ce qui se passe dans le
mien. Vous verriez que le chagrin que m'a causé
votre départ égale l'attachement que j'ai toujours
eu pour vous ; vous me plaindriez autant que vous
semblez m'aimer. La seule chose qui me console,
c'est que notre séparation ne sera peut-être pas de
longue durée : je le souhaite du moins bien ardemment, sans prétendre pourtant que ce souhait influe
sur vos résolutions. Vous connaissez assez mes principes pour savoir que je n'approuve d'autres vocations que celles qui viennent de Dieu. Ainsi, ma
chère, point de considérations humaines, point
d'égards pour qui que ce soit. Consultez seulement
Dieu, votre directeur, vos penchants, vos inclinations, et décidez-vous d'après ce qu'ils vous inspi-
reront.

Mais, quelque parti que vous deviez prendre, n'oubliez rien pour entretenir en vous cette délicatesse de conscience, cette ferveur de piété que vous avez fait paraître pendant tout le temps que nous avons eu la satisfaction de vous posséder. Si votre situation a changé, vos devoirs sont toujours les mêmes, et vous n'êtes pas moins obligée de servir Dieu dans le monde que dans la retraite : j'ose même dire que vous devez y vivre avec plus de recueillement et de vigilance, parce que vous y serez exposée à plus de dangers.

Gardez-vous donc d'imiter la conduite de la plupart des jeunes personnes qui sortent de nos maisons pour rentrer dans le siècle. Elles ne sont pas plus tôt délivrées de la salutaire contrainte où nous les retenions, qu'elles changent entièrement d'idée et de conduite. Elles s'imaginent que les saintes pratiques que nous leur avions inspirées sont des minuties qui ne conviennent qu'aux cloîtres ; elles pensent que tout ce que nous leur avions dit contre les dangers du monde n'est qu'une pieuse exagération, ou qu'un scrupule de religieuses. Sur ce principe, elles négligent la prière, elles cessent de fréquenter les sacrements, elles ne songent plus à nourrir leur âme par de bonnes lectures, elles prennent le goût de la dissipation, de la parure, des amusements ; et, sous prétexte qu'il leur suffit d'être bonnes chrétiennes, elles se feraient une espèce de honte de paraître pieuses. Mais elles éprouvent bientôt qu'on ne peut abandonner les exercices de piété sans violer peu à peu les devoirs les plus essentiels du christianisme ; et elles n'ont pas passé six mois dans le monde qu'oubliant tous les sentiments dont elles étaient animées, elles se laissent entraîner par le torrent des mauvais exemples, et tombent même quelquefois dans les plus grands désordres.

Je vous en conjure donc par le vif intérêt que je prends à votre bonheur et à votre salut, faites-vous une loi inviolable de suivre exactement le plan de vie que vous vous êtes tracé, et n'omettez jamais aucun des exercices que vous vous y êtes prescrits. Si vous êtes attentive à vous en acquitter, je vous réponds de votre persévérance dans le bien ; mais si, vous relâchant peu à peu, vous venez insensiblement à les abandonner, non-seulement je crains tout pour votre vertu, j'ose encore vous prédire que vous vous laisserez subjuguer par le vice, qui ne manque jamais d'entrer dans nos cœurs, dès que la piété n'y habite plus.

Quel malheur pour vous et pour moi, ma chère Emilie, si cette prédiction venait à s'accomplir ! Hélas ! j'aurais la douleur de vous voir perdre tout le fruit d'une éducation qui a été l'objet de mon zèle le plus empressé, et ce qui est maintenant le sujet de ma joie deviendrait celui de mes pleurs ! Mais je ne redoute point ce funeste accomplissement, et si je pouvais douter de la bonté de vos sentiments, je trouverais de quoi me rassurer dans ceux de votre sage maman. Je ne pousserai donc pas plus loin les conseils que l'amitié m'a portée à vous donner dans cette lettre. Je vous dirai seulement en finissant : Imitez votre tendre et respectable mère. Cette seule leçon renferme toutes les autres ; et si vous la mettez en pratique, l'unique souhait qu'il me restera à former, ce sera que vous m'aimiez toujours autant que vous m'êtes chère.

FIN.

LIMOGES.—IMPR. DE BARBOU FRÈRES.